DU MÊME AUTEUR

Aux Éditions Gallimard

LE PROCÈS-VERBAL.
LA FIÈVRE.
LE DÉLUGE.
L'EXTASE MATÉRIELLE.
TERRA AMATA.
LE LIVRE DES FUITES.
LA GUERRE.
LES GÉANTS.
VOYAGES DE L'AUTRE CÔTÉ.
LES PROPHÉTIES DU CHILAM BALAM.
MONDO ET AUTRES HISTOIRES.
L'INCONNU SUR LA TERRE.
DÉSERT.
TROIS VILLES SAINTES.
LA RONDE ET AUTRES FAITS DIVERS.
RELATION DE MICHOACAN.
LE CHERCHEUR D'OR.

VOYAGE À RODRIGUES. *journal.*
LE RÊVE MEXICAIN OU LA PENSÉE INTERROMPUE.

Dans la collection Folio Junior

LULLABY. *Illustrations de Georges Lemoine (nº 140).*
CELUI QUI N'AVAIT JAMAIS VU LA MER *suivi de* LA MONTAGNE DU DIEU VIVANT. *Illustrations de Georges Lemoine (nº 232).*
VILLA AURORE *suivi de* ORLAMONDE. *Illustrations de Georges Lemoine (nº 302).*

Dans la collection Enfantimages et *Folio Cadet nº 49.*

VOYAGE AU PAYS DES ARBRES. *Illustrations de Henri Galeron.*

Dans la collection Albums Jeunesse

BALAABILOU. *Illustrations de Georges Lemoine.*

Le Chemin
collection dirigée
par Georges Lambrichs

J.M.G. LE CLÉZIO

PRINTEMPS
ET AUTRES SAISONS

nouvelles

nrf

GALLIMARD

Il a été tiré de l'édition originale de cet ouvrage quarante-cinq exemplaires sur vergé blanc de Hollande Van Gelder numérotés de 1 *à* 45 *et cinquante exemplaires sur vélin pur chiffon de Rives Arjomari-Prioux numérotés de* 46 *à* 95.

Printemps

Ça me fait quelque chose quand les jours s'allongent, que la lumière grandit et que le soleil se couche de plus en plus à l'ouest, au-dessus des collines, comme s'il allait faire le tour complet de l'horizon. Il y a du pollen dans l'air, des moucherons, beaucoup de choses minuscules qui tourbillonnent. J'ai l'impression que tout bouge et danse partout, dans le genre d'un tressaillement.

C'est la première fois que je sens cela. Il me semble que jusqu'à maintenant, ça ne m'était jamais arrivé. Pourtant j'étais contente à l'arrivée du printemps, mais je ne voyais pas les choses bouger. C'était comme cela, autrefois, à Nightingale. Ensuite, quand nous sommes venus en France, je n'avais pas besoin de m'arrêter pour voir danser le pollen et les moucherons, pour compter les étincelles de la mer. Je ne m'occupais plus des saisons.

C'était peut-être à cause de l'endroit où j'habitais, cette vieille maison silencieuse sur la colline des Baumettes, au-dessus du nuage laiteux de la ville. Elle s'appelait la Roseraie, mais on aurait mieux fait de l'appeler la maison aux acanthes, parce qu'elles avaient envahi tout le jardin. En tout cas, c'est ce que disait le Colonel.

Il y avait des terrasses abritées, de hautes fenêtres avec des volets gris perle, des tapis, des portes vitrées. Je n'avais jamais fait attention au luxe, parce que je vivais dans cette maison protégée comme dans un château. Je me souviens, quand nous sommes arrivés dans cette ville, après Nightingale, le Colonel m'avait emmenée en bas, dans les vieux quartiers autour du port. J'avais onze ans, et je n'avais jamais encore vu cela. J'avais très peur, enfin, ce n'était peut-être pas exactement de la peur, plutôt une sorte d'horreur, un sentiment de répulsion pour tout ce que je voyais dans cette ville basse, les ruelles étroites, sales, le linge suspendu entre les immeubles, les façades lépreuses, les portes qui ouvraient sur des escaliers noirs qui soufflaient une odeur froide de cave. Et les gens, surtout, tous ces gens qui marchaient, si nombreux, cette foule serrée, ces visages, ces regards, ces bruits de voix et ces cris, ces mains qui vous touchaient, qui vous frappaient. Ces gens étaient venus d'un autre monde, ils étaient si pauvres, ils semblaient surgir du fond des caves humides comme des grottes, leurs visages étaient tachés d'ombre.

J'avais serré très fort la main du Colonel Herschel, je lui avais dit : « Viens, allons-nous-en, partons d'ici! » Mais lui m'avait serré la main encore plus fort, et il avait continué à marcher dans les ruelles, jusqu'à ce qu'on ait traversé complètement la vieille ville et qu'on soit sortis du côté de la mer. Un autre jour, comme je m'écartais d'un mendiant qui tendait la main à la sortie d'une église, il s'était mis en colère : « Les pauvres ne sont pas des malades! » Il avait dit cela, je m'en souviens, et de la honte que j'avais ressentie.

Le Colonel Herschel, je l'ai toujours appelé comme cela, je ne sais pas pourquoi. Quelquefois je l'appelais Colonel, tout simplement, c'était le petit nom que je lui avais donné. C'était drôle, parce qu'il est plutôt petit et mince, et ce nom était très solennel. Amie disait que c'était à cause des gens qui venaient le voir, autrefois, et que j'avais répété le nom qu'on lui donnait : Colonel, mon Colonel. Amie s'appelait Aimée de son vrai nom. Alors je disais qu'ils étaient mes vrais parents. Je connaissais ma mère mais elle m'était indifférente. Je n'imaginais pas que j'allais tout quitter, la ferme de Nightingale avec ses champs immenses, et puis la vieille villa sur les collines, les jardins où les merles crient chaque soir, pour venir justement dans l'endroit qui m'avait fait tellement horreur la première fois que j'avais marché dans la vieille ville avec le Colonel Herschel. C'est arrivé brusquement durant l'hiver, quand ma mère est revenue et qu'elle m'a prise avec elle.

C'est arrivé, et maintenant, tout est différent. C'est comme si j'avais changé de vue. La couleur du ciel, la mer, les feuilles des marronniers, les palmiers, les visages et les gestes des gens, les bruits des mots, je ne reconnais plus rien. Après cela, je suis tombée malade. C'était l'hiver, l'appartement de ma mère était froid et humide, il n'y avait presque jamais de soleil. J'ai eu une grippe qui s'est compliquée, une pneumonie. J'allais vers la mort. Je n'avais jamais pensé que ça pourrait m'arriver, que je pourrais ressentir une chose pareille. On tombe, on glisse lentement vers le bas. Chaque jour, on fait un geste de moins. On ne mange plus, on n'arrive plus à boire. Le verre est contre les lèvres et la gorge est serrée, le liquide coule de chaque côté de la bouche et inonde la poitrine. Dans le corps, il y a du feu qui brûle quand on respire. L'air ne peut plus entrer.

Ma mère essayait de me soigner. Elle restait à côté de moi, jour et nuit, pendant des semaines. Elle avait quitté son travail de mécanicienne pour rester avec moi. Elle, la personne que j'avais le plus haïe au monde, était sans cesse à côté de moi, me tenant la main, m'épongeant le front, me donnant à boire un thé brûlant et sucré que je recrachais aussitôt, et tout cela, sans parler, simplement en me regardant, sans me quitter des yeux. Je n'aurais pas supporté une seule de ses paroles, elle devait le savoir. Et quand je m'assoupissais, elle aussi dormait sur sa chaise, la tête appuyée sur son bras, et dès que je la regardais, elle se réveillait.

Ce que j'aimais le plus, c'était voir le soleil se coucher à l'ouest, sur les collines qui deviennent comme des nuages bleus. La maison de ma mère est un appartement au sixième étage, sous les toits, sans vue et presque sans soleil. Il y a deux petites fenêtres basses, fermées par des grillages à cause des rats. Je me souviens de ce que j'ai ressenti quand je suis entrée dans cet appartement pour la première fois. Non pas pour passer, comme quand on va voir une pauvresse, mais pour y vivre, pour y rester des mois, des années. Un désespoir comme jamais je n'avais imaginé, un trou noir, je tombais en arrière sans espoir de pouvoir remonter.

C'était le plein hiver, il pleuvait, la nuit tombait tôt. La nuit semblait monter de tous les soupiraux, des portes des maisons, pour envahir les ruelles de la vieille ville. Quand je suis partie, avec une valise et le fameux sac de plage où il y avait écrit mon nom, Amie m'a embrassée et elle a dit : « Tu reviendras dès que tu auras un instant. Ta chambre restera toujours prête. » Ma chambre, dans l'appartement de la vieille villa, avec le papier rose aux murs, le couvre-lit de satin, les rideaux mousseux, et le petit bureau avec tous mes livres et tous mes papiers. Je n'ai pas pris grand-chose, juste deux ou trois livres que j'aimais, ma pendulette, une brosse à dents, un peu de linge. Je n'avais plus de jouets ni de poupées. Ça n'avait pas d'importance. Je savais que ce n'était pas vrai. Je partais pour ne jamais revenir. Ils sont restés sur le seuil de la maison, pour me regarder partir. Ma mère avait un visage dur et fermé, elle avait mis des lunettes noires. Elle était maigre, noire. Je ne comprenais pas ce qu'elle avait dit à Monsieur et Madame Herschel pour qu'ils me laissent partir.

Pourtant, les premières semaines, je suis revenue un peu, comme ils l'avaient dit. Mais je ne voulais plus rester. Quelque chose avait changé en moi. J'allais jusqu'à la chambre rose, je restais assise sur le bord du lit, sans toucher à rien, sans écarter les rideaux, comme une étrangère. Eux m'avaient laissée seule dans la chambre, en pensant que j'allais retrouver mes habitudes, jouer, ou lire, ou me coucher sur le lit. Mais j'étais restée glacée, et j'étais ressortie de la chambre, le regard dur. Ensuite, pendant très longtemps je n'ai même plus voulu entrer dans cette chambre. Ce n'était plus ma chambre. Je n'étais plus la même. Je venais voir Monsieur et Madame Herschel juste quelques minutes, le samedi après-midi, et puis je retournais chez ma mère.

J'aime quand les jours deviennent longs et qu'ils semblent durer des mois, des années. J'ouvre les yeux, le matin, le jour se lève. Il y a déjà de la lumière dans la grande chambre, jusque dans l'alcôve. Ma mère est très pauvre. Elle n'a rien pour vivre, juste son salaire de mécanicienne. Elle travaille dans un atelier qui s'appelle Atlas. Elle fait des boutonnières sur des pantalons, elle coud des fermetures à glissière. Mon père l'a quittée, autrefois. Il a disparu. Il est parti un jour, et il n'est jamais revenu. Il est mort, quelque part en France, en travaillant sur un chantier. Ma mère ne m'en a jamais parlé. Je l'ai entendu un jour, c'était Madame Herschel qui racontait cela à quelqu'un, et je l'ai entendu. Ou bien peut-être que je l'ai inventé, je ne sais plus.

Je n'avais pas un an quand il est parti. Alors ma mère est partie, elle aussi. C'est Madame Herschel qui m'a recueillie. Ma mère a pris le bateau, elle a traversé la mer, toute seule. Elle est allée jusqu'à Paris, jusqu'en Allemagne. Elle est frêle et petite, quelquefois elle a encore l'air d'une enfant. Elle peut faire des choses très difficiles.

Quand mon père est mort, elle n'a rien gardé de lui, ni papiers, ni photos. Elle a seulement gardé son nom, Zayane. C'est un beau nom qui résonne bien. Elle a jeté tout ce qui lui appartenait. Personne n'est jamais venu la voir, personne ne lui a jamais écrit, ma mère est toute seule. Elle s'est brouillée avec toute sa famille. Les frères et les sœurs de son mari, naturellement, elle n'en parle jamais. Ils ne s'occupent pas d'elle. Peut-être que personne n'avait été content de son mariage. Je pensais souvent que les gens de la famille de mon père n'avaient pas approuvé son mariage. A cette époque-là, je crois qu'elle était la personne que je haïssais le plus au monde.

Ma mère a jeté tout ce qui avait appartenu à mon père, tout ce qui lui avait ressemblé. Je ne savais même pas à quoi il ressemblait. Est-ce qu'il était grand, petit, maigre ou fort? Est-ce qu'il était très brun de peau comme elle, de quelle couleur étaient ses yeux? Jamais je ne lui ai rien demandé, mais ma mère a des cheveux noirs et des yeux marron, et j'ai toujours pensé que j'avais les cheveux couleur d'acajou et les yeux jaune-vert à cause de mon père. A l'école, une amie m'a dit que les filles ressemblent toujours à leur père. Alors je me regardais souvent dans le miroir, pour essayer de le voir dans mon reflet. Je fronçais les sourcils et avec de l'eau je collais mes cheveux en arrière pour ressembler à un homme.

Quand je suis venue habiter cette maison lépreuse, dans la rue de la Loge, j'ai pu savoir tout cela mieux qu'avant. Le soir, il faisait si froid. Ma mère s'enveloppait dans une couverture grise, comme un Indien, et elle s'asseyait sur le lit dans l'alcôve, et elle cousait avec ses grosses lunettes de myope à monture de plastique. C'était comme s'il y avait un fantôme, assis à côté d'elle sur le lit, la silhouette de mon père. Elle écoutait la radio en sourdine, puis elle éteignait. J'entendais son souffle régulier, je crois qu'elle ne s'endormait jamais avant moi.

Au début, il y avait Gianni qui venait dans l'appartement. Gianni, c'était le petit ami de ma mère. C'est un Italien, grand et fort, un peu chauve avec encore des cheveux blonds bouclés, un visage tranquille marqué par les rides. Il a des mains et des pieds immenses, des épaules larges, mais il est doux et il a des yeux d'un vert très pâle que j'aime bien. Il travaillait sur un bateau. Il ne venait pas tout le temps, seulement deux ou trois jours par mois.

Je ne voulais pas lui parler. Quand il arrivait, je m'en allais. Ou bien, quand je revenais du lycée, j'entendais sa voix à travers la porte, je sentais son odeur jusque dans les escaliers. Je redescendais, je m'asseyais sur la marche d'ardoise du seuil, pour attendre qu'il s'en aille. Je ne supportais pas qu'il soit l'ami de ma mère.

Alors il laissait des cadeaux pour moi, souvent, du chocolat, un journal d'*Akim*, des boucles d'oreilles, des petits savons parfumés. Mais je n'y touchais pas. Je laissais là ses cadeaux, là où il les avait mis, et ma mère les faisait disparaître.

Ça me fait quelque chose de ne pas savoir à quoi ressemblait mon père. Ça fait comme un trou dans ma mémoire, un vide. Au lycée, toutes elles savent comment est leur père, même celles dont le père est mort, comme Corinne Dario, avec qui je suis amie. Une fois, elle m'a montré une photo usée et écornée, qui représentait un homme très jeune, avec des lunettes, une petite moustache. Il tenait une jeune femme enlacée, et ils riaient tous les deux, ils avaient l'air heureux. Il s'appelait Henri, il est mort de maladie il y a très longtemps, quand Corinne était encore un bébé. Moi, je ne sais même pas comment s'appelait mon père, son petit nom. Je n'ai que le nom qu'il m'a laissé, ce nom de Zayane. Parfois, je crois que je vais arriver à me souvenir, puis ça s'en va. Je ne sais pas si c'est vraiment important, dans le fond. Peut-être qu'il n'a jamais existé.

Ce qui me fait quelque chose, c'est de penser qu'il y a des gens qui disparaissent, comme ça, même si ce n'est pas forcément votre père. Peut-être à cause de cela j'ai toujours eu peur que les gens ne s'en aillent, ne reviennent jamais. Peut-être que je rêve que mon père revient, non pas ici, en France, mais à Nightingale, et que rien ne reste inachevé. Je ne l'ai dit à personne. Je n'y pense pas vraiment. C'est seulement le soir, ça vient comme une ombre. Quand Amie allait à Mehdia, autrefois, et qu'elle tardait, quand le soir arrivait j'entendais les cris des merles dans le jardin, et je sentais une angoisse terrible grandir en moi. Je tournais dans la maison, je sortais dans le jardin, j'essayais de voir la route, au bout du champ, pour guetter la voiture verte. J'étais au bord des larmes. Le Colonel se moquait de moi, mais je crois qu'il finissait par ressentir la même chose. Depuis, je ne peux plus entendre les cris des merles le soir.

Quand ma mère est venue, et qu'elle m'a emmenée, je me souviens, j'avais tout préparé, j'étais prête à frapper, à mordre, j'avais en moi une dureté incomparable, une méchanceté. Je ne voulais pas qu'elle parle de mon père. Je ne voulais pas qu'elle dise son nom. Rien qui pouvait me faire croire qu'il avait existé.

Je crois bien qu'elle l'avait senti, qu'elle avait deviné cette haine, et c'est pour cela qu'elle ne m'avait rien dit. Je crois que c'est à ce moment-là qu'elle a dû jeter tous les papiers et les photos, pour qu'il ne reste rien de visible. Alors, quand j'étais sortie de ma maladie, j'avais vu cette belle lumière au-dehors, parce que maintenant le soleil se couchait tout à fait à l'ouest, loin derrière la ligne violette des collines, et j'avais eu envie de disparaître, comme mon père.

C'était la première fois que je voulais cela très fort. C'était en moi, ça me faisait presque mal, dans le genre d'un coup qu'on reçoit et qui laisse une marque sur le ventre, ou dans le dos, et on ne peut pas cesser d'y penser. Tout était si beau au-dehors. Je sortais tôt le matin, dès que le soleil était apparu, ou même un peu avant. Je traversais en courant les ruelles sombres, jusqu'à la porte dans les remparts. Tout d'un coup j'étais au bord de la mer.

Il y avait le ciel, immense, très pur et très clair, irréel, contre la mer encore noire. L'air était froid de la nuit. Les oiseaux de mer commençaient leur traversée d'est en ouest, vers l'embouchure de la rivière. C'était à cause d'eux et du ciel que j'avais envie de disparaître. J'allais au bout de la digue, en sautant sur les brisants, j'attendais que le soleil monte au-dessus de la mer en faisant briller les vagues. Les oiseaux tourbillonnaient. Ils avaient faim. Quelquefois, j'emportais du vieux pain, ou des restes de viande, des pelures. Les mouettes mangeaient n'importe quoi. Elles criaient. Elles se disputaient la nourriture. Elles avaient des yeux cruels. C'était comme le ciel, net et coupant, sans fausse pitié.

Je pensais à ma mère, à la façon dont elle m'avait abandonnée. Je pensais à l'argent que Monsieur et Madame Herschel lui avaient donné pour qu'elle me laisse. Elle m'avait vendue. C'était cela, ma mère m'avait vendue comme une esclave.

Cela, je ne l'ai pas su. C'est ma mère qui me l'a dit. Durant l'hiver, quand je venais d'entrer dans le petit appartement de la Loge, sombre et humide, et j'étais si mal que je pleurais, je lui disais qu'elle n'était rien du tout, qu'elle n'était pas ma mère, que c'était Amie qui était ma mère. Alors elle m'a parlé de l'argent qu'ils avaient donné, beaucoup d'argent pour qu'elle s'en aille et qu'elle me laisse à eux. Quand elle m'a dit ça, d'abord je ne voulais pas la croire, mais elle l'a dit et redit, elle a dit combien, elle a dit qu'Amie avait apporté les billets, tout neufs, par petits paquets, sur la table de la salle à manger, devant elle, et ma mère faisait le geste de compter les billets l'un après l'autre, de les fourrer dans son sac. Elle était partie. Elle m'avait laissée, à Nightingale, dans une boîte en carton parce qu'elle n'avait pas de berceau. Elle disait cela, et elle pleurait sans faire de bruit. Elle avait seize ans.

Les gens venaient me voir. Il y avait des gens que je ne connaissais pas. Ils restaient debout, sur le pas de la porte, ils disaient des choses à ma mère, puis ils s'en allaient. Même Gianni est venu un jour, il avait apporté des fleurs. Il n'a pas osé entrer. Mais ça m'était égal qu'il soit venu, puisque j'allais mourir.

J'ai connu une femme très belle. Elle habitait un appartement d'une pièce au premier étage. Une fois j'étais passée devant sa porte, je l'avais aperçue. Elle avait un beau visage régulier, des cheveux teints au henné. Elle est venue s'asseoir à côté de mon lit, sur une chaise. Elle restait là pendant que ma mère sortait travailler, ou bien allait faire des courses. Je voyais sa silhouette à contre-jour. Elle était silencieuse, elle aurait pu être muette. Elle ne parlait presque pas français, juste quelques mots. Elle venait de Tunisie. Elle avait une longue robe blanche et un foulard blanc qui enveloppait ses cheveux. Elle n'avait pas d'âge. Parfois elle était très pâle, fatiguée, parfois elle semblait fraîche et jeune, avec des pommettes lisses et des yeux brillants. Elle s'appelait Samira. Après, j'ai su qu'elle s'appelait Semmana. Quand elle était petite, son père lui avait donné ce surnom parce qu'elle était grasse et ronde comme une caille. Moi aussi je l'ai appelée Semmana.

Je crois que c'est pour elle que j'ai recommencé à vivre. Elle venait chaque matin, elle s'asseyait sur la chaise à l'entrée de l'alcôve et elle me regardait. Elle ne disait rien. Elle était là seulement. Au début, je ne voulais pas d'elle, je criais : « Allez-vous-en! » Mais elle restait immobile. Malgré la lumière du jour derrière elle, je pouvais voir briller ses yeux. Elle avait des yeux très grands et noirs, des yeux doux d'enfant. Quand elle était restée suffisamment, elle partait. Elle laissait un peu de bouillon chaud dans une tasse, sur une petite table, devant mon lit, et dès qu'elle était partie, je buvais. Ma gorge se desserrait, je sentais le liquide chaud descendre dans mon corps. Puis il y avait la nuit, et je dormais.

Un jour, je me suis levée. J'ai marché dans l'appartement. Il y avait si longtemps que j'étais restée couchée, ma tête tournait. C'était étrange. Je suis allée jusqu'à la fenêtre grillagée. En appuyant ma joue contre le carreau froid, j'ai vu un morceau du ciel.

Avec le ciel, je sais m'amuser. Je joue à disparaître. Je choisis quand je vais revenir. Dix ans, vingt ans après. Tout a changé. Personne ne se souvient plus de moi. Je peux marcher dans les rues, sans rien reconnaître. Je peux tout regarder avec un œil dur et froid, dans le genre des mouettes. C'est le ciel qui m'aide à faire cela. Il peut me rendre cruelle comme la lumière du matin. Le soir, ou l'après-midi, ce n'est pas pareil. Les nuages sont doux, il y a de la brume qui estompe. La nuit, il y a la peur, la tendresse, la chaleur des chambres, l'odeur de l'haleine sous les draps. Mais c'est le matin que je peux m'en aller, être une autre. Je suis allée comme cela très loin, de l'autre côté de la mer, jusqu'à Mehdia, et je suis revenue. J'ai volé comme une mouette, j'ai franchi tous les obstacles, je me suis battue contre tous les autres. La lumière s'est accrochée à ma peau comme une poussière de mica.

Quand ma mère m'a raconté cette histoire, à propos de l'argent que Madame Herschel lui avait donné, d'abord je ne pouvais pas y croire. Après, je suis tombée malade, et je suis restée enfermée dans le petit appartement froid et sombre, sans sortir. Monsieur et Madame Herschel ont voulu me voir, mais j'ai refusé, j'ai crié : allez-vous-en, ne revenez jamais plus! Ils sont restés sur le pas de la porte, sans oser entrer, puis ils sont repartis. Après cela, j'ai guéri, et le printemps est arrivé. Jamais je n'avais attendu le printemps avec autant d'impatience. Maintenant, il était là, j'étais libre. J'allais disparaître. Je partirais dix ans, vingt ans, le temps qu'il faudrait pour qu'ils soient tous morts. Tous, Amie, le Colonel Herschel, ma mère, Morgane, Green. Qu'il ne reste que le ciel, la lumière qui explose, la mer.

J'ai oublié de parler de Green, et du petit jardin public adossé à la mer. J'aime bien ce jardin. Il n'y a presque personne, seulement quelques vieux qui lisent le journal au soleil, d'autres qui bavardent. C'est là que je suis venue m'asseoir la première fois, avec Green. Je l'ai rencontré en même temps que Morgane, à la fin de l'hiver. Il n'y avait pas encore la belle lumière cruelle du matin.

Je ne savais pas qui était Green, ni où il vivait. Je ne savais rien de lui. Nous nous sommes assis là, à l'abri de la haie de troènes, parce que le vent était froid. Il y avait toujours les mêmes vieux, les mêmes pigeons. Des enfants, peut-être, parce que c'était un mercredi. Je ne m'en souviens pas très bien. Nous avons parlé, parlé. Au début, ça m'intimidait, cet homme si grand, avec des rides sur son visage, ses yeux verts, ses cheveux où il y avait des fils blancs. Les filles du lycée l'appelaient comme ça, Green, parce qu'il était toujours habillé en vert, un blouson et un pantalon. Marie-Louise, elle, l'appelait par son prénom, un drôle de prénom, Joseph. Il venait quelquefois chercher Marie-Louise à la sortie du lycée, il avait une vieille moto Terrot, avec le joint de culasse qui était foutu. Un jour, comme elle n'était pas là, c'est moi qu'il a emmenée. On est allé à toute vitesse sur l'autoroute, puis il est revenu en ville, et on s'est arrêté pour parler, dans le petit jardin, près de la mer. On a parlé pendant des heures, et puis on a eu faim, et on est allé manger au café d'un grand hôtel, et ça aussi, c'était intimidant, cette salle sombre avec l'éclat des verres très blancs et les nappes, les assiettes bordées d'un fil doré, les roses dans les vases. Il y avait de la musique douce, une odeur d'encens, ou de poussière, des gens qui parlaient en anglais. Nous avons parlé longtemps, je ne sais plus de quoi. Il disait qu'il était journaliste free-lance, reporter, qu'il allait bientôt partir pour l'Afrique. J'ai mangé une salade, et Joseph du poisson. J'ai trempé mes lèvres dans son verre de vin, acide, un peu aigre. L'après-midi, une belle lumière d'or filtrait par les fenêtres. On n'entendait pas les bruits des autos, juste de temps en temps un coup de klaxon étouffé. La vie n'existait pas dans cet endroit, la vie était restée au-dehors. Après tout ce qui s'était passé, cette histoire de billets de banque et tout ça, j'avais été bien malade, je crois. J'avais perdu la tête, je restais couchée sur mon lit sans forces. Je ne bougeais plus, je ne voulais plus manger. Je buvais seulement un peu d'eau froide, et ma gorge se fermait. Ma mère ne comprenait rien. Elle préparait à manger, chaque jour, à deux heures, en revenant de l'atelier. Elle servait sur la petite table devant la fenêtre. Elle servait dans deux assiettes, et elle s'asseyait comme si j'allais venir manger. À travers mes cils je regardais sa silhouette frêle à contre-jour, la vapeur montait du plat de semoule. C'était bizarre, je ne reconnaissais plus les odeurs. Ma mère cuisinait les choses que j'aimais, de la ratatouille, des tomates, du douez. Mais l'odeur qui venait jusqu'à moi était incompréhensible. Parfois elle se changeait en une épouvantable odeur d'excréments, je devais boucher mon nez et ma bouche avec ma main. Ma mère ne disait pas : « Tu viens déjeuner ? » Elle attendait un instant, puis elle mangeait à toute vitesse, et elle allait jeter ce qui restait dans l'autre assiette, sans rien dire. Je pensais que j'allais bientôt mourir, et ça m'était égal.

Cet après-midi, avec Green, c'était la première fois que je manquais les cours. Je me souviens, j'ai demandé un bloc de papier et une enveloppe, et j'ai écrit moi-même le mot d'excuse. J'ai demandé à Green : « Pourquoi est-ce que vous m'avez emmenée ici? Qu'est-ce que vous voulez? » Il a dit : « Pourquoi vous me demandez ça? Je ne veux rien. » On a marché dans les rues, j'avais trop froid pour aller en moto. À un moment, j'étais fatiguée, je me suis serrée contre lui, j'ai appuyé ma tête contre son blouson, il a mis son bras autour de mes épaules. On est restés un bon moment immobiles, comme si on regardait la mer. Il était très grand, jamais je n'avais été à côté de quelqu'un d'aussi grand. À un moment, des types sont passés près de nous, ils m'ont regardée avec un drôle d'air. Ils avaient des yeux inquisiteurs, méchants. L'un d'eux a dit quelque chose, et j'ai entendu distinctement, il disait : « Tu crois que c'est une Arabe? » Ils se sont mis à rire. Joseph, lui, n'avait rien entendu. Je lui ai dit : « Allons-nous-en, vite! » Je sentais comme une brûlure, mon cœur battait fort, je ne sais pas si c'était la peur, ou la colère. J'avais envie de dire : « Je suis une Zayane! » Je me suis éloignée de Green, nous avons marché en sens inverse. Nous sommes retournés dans le petit jardin, sur un banc à l'abri. J'ai voulu fumer une cigarette américaine, la fumée s'éparpillait dans le vent. Il était tard déjà, il n'y avait plus de vieux, ni de pigeons. J'avais hâte de retourner dans la vieille ville, dans la rue de la Loge, monter l'escalier d'ardoise, jusqu'à l'appartement. Il m'a écrit son nom et son adresse, son numéro de téléphone. Je pensais que je ne le reverrais jamais.

C'est quand le printemps a commencé que j'ai pensé à Nightingale. J'allais avoir dix ans, à Mehdia, à l'embouchure de la rivière Sebou. Nightingale, c'était le nom de la ferme de Monsieur et Madame Herschel. Je ne me rappelle plus pourquoi elle s'appelait comme ça. Amie disait que c'était à cause d'un rossignol qui chantait le soir, dans un arbre, près de la maison que le Colonel faisait contruire. Mais elle avait parlé aussi d'une femme qui s'appelait comme ça, pendant la guerre, autrefois. À Nightingale, la lumière et le ciel ne devaient pas cesser d'exister, jamais. Il y avait les champs de blé jusqu'aux rives du fleuve, et de l'autre côté, la forêt de chênes-lièges, jusqu'aux premières collines. Quelquefois, quand il faisait clair, on voyait les hautes montagnes qui brillaient au loin. Du côté de la mer, les dunes de sable jaune, semées de plantes épineuses.

Je vois cela comme dans un rêve, comme si ça n'était pas vrai, comme si une autre l'avait vécu à ma place. C'était le premier printemps où j'étais libre. À la fin de l'hiver, Amie m'avait retirée de l'école, parce que j'avais été gravement malade. J'avais eu une coqueluche qui avait déchiré ma poitrine pendant des semaines. Je toussais et je vomissais. J'avais les yeux pleins de sang. Pour cela, au début, quand je suis tombée malade, dans le petit appartement de ma mère, à la Loge, j'ai cru que ça allait être comme autrefois, mais cette fois j'allais mourir, puisqu'il n'y avait plus Amie pour s'occuper de moi.

Cette année-là, c'était en 56, je le sais à cause de ce qui s'est passé, les bombes qui explosaient dans les marchés, à Rabat, à Meknès, à Casablanca. Tout le monde disait qu'il allait y avoir la guerre. Les champs, autour de Nightingale, allaient jusqu'à l'infini. Les dunes aussi étaient sans fin, elles commençaient la mer. Je courais à perdre haleine à travers le blé et le sorgho, jusqu'à la route qui menait au puits, puis je remontais la colline, là où je voyais la ville, les remparts, et au-delà, la tache sombre des chênes jusqu'aux montagnes. Le soleil brûlait le visage et les mains, il me semblait que je n'avais jamais encore senti ainsi la brûlure du soleil. Loin des salles de classe de l'école des sœurs, poussiéreuses, fermées, loin du bourdonnement monotone des maîtresses, des cris aigus des enfants.

Mon ami, c'était Hassan, le fils du contremaître du Colonel Herschel. Il avait un an de moins que moi, mais il était vif et agile. Il avait la tête rasée, avec juste une mèche de cheveux qui pendait sur sa nuque. Il ne parlait aucune autre langue que le chleuh.

Avec lui, je partais en courant à travers champs. Je voulais qu'il cède, qu'il dise quelque chose, « arrête! » ou « barka! » même dans sa langue. Mais lui, hors d'haleine, s'arrêtait et me regardait de ses yeux sombres et brillants comme des pierres, sans dire un seul mot.

C'est cela que je voudrais retrouver, maintenant, cette impression de dureté et de bonheur, l'odeur de la terre sèche et des plantes, le goût de cuivre des raisins, le bruit coupant des feuilles de maïs qui s'entrechoquaient dans le vent. C'est en moi, c'est entré en moi comme un soleil, cette année-là, peut-être parce que c'était la dernière année à Nightingale.

Il y avait les bruits de la guerre qui grandissaient. Un jour, un ami du Colonel Herschel est venu à la ferme. Il s'appelait Buisson. Amie avait préparé un repas pour lui, du poulet avec des raisins secs. Il était venu avec ses chiens, deux grands chiens-loups qui avaient fait peur à notre chienne Lassie. Il mangeait, il parlait fort, il expliquait que les Arabes avaient un truc pour mettre le feu à retardement aux plantations de blé, avec une pince à linge. Pendant qu'il racontait cela, j'arrêtais de manger, je restais suspendue à ses paroles. Alors Amie me chassait de table : « Va jouer au jardin, ce ne sont pas des choses pour toi. » Je courais dans les champs, le cœur battant, je cherchais les pinces à linge partout, dans les sillons, dans les recoins de muraille, près des ceps de vigne, même du côté de la noria. Le soleil brûlait. Je sentais la chaleur dans mon dos, à travers la robe de toile. Lassie courait avec moi, elle haletait. Le soleil faisait battre mon cœur, il faisait un bruit de guerre. C'était le soleil des incendiaires.

Je suis sortie dehors. C'était la première fois depuis longtemps, je retrouvais les rues, j'avais le vertige. J'ai dû m'appuyer aux murs. C'est alors que j'ai rencontré Morgane, et que je suis entrée pour la première fois dans le Café des Aveugles, sur la place. Peut-être que je lui ai parlé la première, je ne me souviens plus très bien. Il y avait du soleil, l'air était léger et doux, il y avait du monde dans les rues, des filles à jupe courte, des hommes pressés, des vagabonds, des militaires, des femmes de ménage, des enfants qui n'allaient pas à l'école, des types patibulaires, des Italiens au regard naïf, des vieux qui parlaient nissart, des travailleurs kabyles encore couverts de laine, des gitans rémouleurs de ciseaux, rempailleurs de chaises, des touristes hollandais, américains, sud-américains, des bonnes sœurs en civil, des trafiquants, des policiers, des inconnus. Tous, allant et venant dans les ruelles encore dans l'ombre, et je me laissais porter par eux, sans savoir où j'allais, chancelante, éblouie, je marchais au milieu d'eux, j'étais vivante.

Je sentais cela tout d'un coup. Je sentais mon corps, mes mains, mon visage, je sentais le froid des caves, les odeurs, j'entendais les bruits, les voix. C'était comme si c'était la première fois.

Je me souvenais tout d'un coup de choses très anciennes, si lointaines que ça n'était plus qu'une vapeur qui flottait en moi, portant la lumière des années. Une voix étouffée et légère, qui chantait en moi, à mon oreille. J'étais si petite qu'on m'avait mise dans un carton à légumes, enveloppée dans un linge, à même le trottoir, et les gens passaient, s'en allaient, sans me voir. À côté de moi il devait y avoir une femme, une silhouette cachée dans un manteau en haillons, et qui tendait la main vers les passants. Les gens s'en allaient, s'en allaient. Et seule la voix chantonnait à côté de moi, et ce n'étaient pas des paroles, c'était avant les paroles, juste une musique qui m'entourait et me tenait chaud, une musique qui me protégeait des regards dans la rue.

Cela venait, partait, revenait, un balancement, un bercement. Autour de moi, sur la place, tout était vibrant, tendu. Le ciel était lisse et bleu. Il y avait si longtemps que je ne l'avais pas vue, j'ai voulu aller jusqu'à la mer. Au bord de la plage, j'ai marché vers le soleil. Le vent soufflait par rafales froides, un vent chargé de sel. La mer roulait des vagues, j'écoutais le bruit du déferlement. Cela commençait derrière moi, puis remontait vite le long du rivage, me dépassait, fermait son arc. Puis la mer se retirait en raclant les galets. Les mouettes dansaient dans la frange d'écume, elles s'envolaient un peu chaque fois que la mer allongeait sa vague. Ou bien elles montaient dans le vent, au-dessus de moi, penchant leur tête, et je voyais briller leur œil aiguisé. Je crois que j'ai marché toute la matinée, puis je suis revenue vers la vieille ville, par les rues que je ne connaissais plus. Je tremblais de faim et de fatigue, mais c'était magnifique, c'était magique.

Quand j'ai rencontré Morgane, j'étais sur le point de tomber. Elle m'a prise par le bras, elle m'a entraînée vers la place, elle m'a fait asseoir à l'intérieur du café. Elle l'appelait le Café des Aveugles, parce qu'elle disait qu'il y avait des chaises partout, et les gens qui entraient se cognaient dans les chaises vides. Ils étaient éblouis par la lumière du soleil, et ils entraient dans le café obscur à tâtons, l'air égaré.

Morgane m'a dit: « Tu trembles? Il faut que tu manges. Tu n'as pas d'argent? »

Elle a fait un signe au garçon, elle a commandé des choses à manger, un steak, des frites, du fromage. Pour elle, elle a pris un café noir. Elle n'avait pas faim. Elle fumait des cigarettes américaines, nerveusement, ses longs doigts bougeaient tout le temps. Je me souviens de son visage. Elle avait un profil étrange, quelque chose d'assyrien, des yeux en amande brillants, d'un noir profond, des cheveux mi-longs, frisés et rouges, des sourcils arqués, la peau mate et pâle, un cou très long où on voyait palpiter les artères. J'ai vu tout cela d'un coup, je ne pourrais pas l'oublier. Ce qui m'a fait quelque chose, c'est qu'elle m'a parlé d'emblée comme si elle me connaissait depuis toujours, que c'était hier que nous nous étions quittées, qu'elle m'avait donné rendez-vous ici, dans le Café des Aveugles, comme d'habitude. Je ne crois pas qu'elle m'a dit son nom alors, j'ai dû l'apprendre ensuite, et le nom de son mari, Sacha, et Mina, la fille de Sacha, que je n'ai jamais vue.

« Mange, ma chérie, tu veux boire du vin? Tu sais, ce n'est pas possible, je ne peux pas supporter, ils t'auraient marché sur le corps, ils seraient passés sur toi sans te voir. Je pensais à autre chose, je t'ai vue sans te voir, et puis un peu plus loin, je me suis dit: merde, elle va tomber! Mais c'est qu'elle va tomber par terre! J'ai couru, je t'ai rattrapée à temps. Les gens sont cruels, ils ne voient rien. Il y a un homme, je l'ai vu dans ses yeux, il t'avait regardée, il a détourné son regard ailleurs, il a continué son chemin... Mange vite, tu vas aller mieux, tu vas voir, tout va aller maintenant. »

Elle parlait pour elle et pour moi. Je ne sais plus si j'avais faim ou non. Je mangeais, je la regardais. Je souriais faiblement. Elle buvait son café brûlant, elle agitait ses mèches de cheveux rouges. Elle avait de beaux bracelets de cuivre aux poignets, une couleur de feu. Elle m'en a donné un, tout de suite, je ne sais pas pourquoi. Elle était comme cela, elle voulait donner tout ce qu'elle avait.

Après, on s'est vues presque tous les jours, au Café des Aveugles. C'était le mois d'avril, il y avait encore le vent froid de l'hiver, les nuages qui passaient dans le ciel, mais les jours étaient longs, ils grandissaient, et le soleil se couchait de plus en plus à l'ouest, au-dessus des collines mauves, le ciel jaune était de plus en plus vaste, les ombres devenaient longues.

Quelquefois, avec Morgane, on partait à l'aventure, dans les collines. Ou bien on s'asseyait sur la plage, pour regarder la mer. Elle attendait toujours, devant la petite fontaine de la place Vieille, et on allait s'asseoir au café. Elle disait : « Tu sais? J'ai rêvé que j'allais mourir. J'ai rêvé que tout ce que j'avais vécu allait s'arrêter, qu'il ne resterait plus rien. C'était terrifiant, c'était – ça faisait un vide devant moi, j'avais l'impression que je tombais. Et puis tu es arrivée, je t'ai vue, comme tu es, avec ton éternel vieux machin marron sur le dos, tes cheveux bouclés, tes chaussures de petit garçon, comme tu étais quand je t'ai vue pour la première fois, que tu avais l'air un peu perdue, tu t'accrochais aux murs, et ça m'a arrêtée, ça m'a retenue, tu ne peux pas savoir, tu dois croire que je suis dingue, pourtant c'est vrai, c'est – »

Toujours, quand elle me voit Morgane commence la même histoire, comme si on ne s'était pas quittées. Elle fume trop. Elle est si pâle, avec ses sourcils noirs qui font une ombre sur ses yeux brillants. Elle a un cahier de feuilles blanches pour dessiner. Son mari Sacha est peintre, et elle dit qu'elle n'a jamais osé lui montrer ce qu'elle fait. Elle dit qu'il est avec elle comme si elle était toujours une petite fille. Elle dit qu'elle a peur de lui, qu'elle le déteste. Mais elle ne peut pas s'en aller. Il est âgé et malade, ils ont vécu dix ans ensemble, et l'an dernier, il lui a demandé de l'épouser. Morgane a essayé de le quitter plusieurs fois, mais Sacha a essayé de se suicider. Il a mangé du verre pilé, ou bu de l'eau de Javel, quelque chose comme ça, et il a fallu l'emmener à l'hôpital. Elle raconte tout cela d'un air un peu lointain, comme si ce n'était pas elle, comme si elle l'avait lu dans le journal. Morgane dit qu'elle n'a jamais vu un visage comme le mien. Elle a des sortes de craies très noires dans une petite boîte en métal, et quand je suis dehors avec elle, elle essaie de me dessiner. Elle dit que Sacha aurait dû faire mon portrait, ou une statue. Mais maintenant, il est trop vieux, il boit trop.

Heureusement il y a le fils de Madame Truchi. Il habite de l'autre côté de la rue, au-dessus de la boulangerie de ses parents. Il a dix-sept ans, mais il paraît beaucoup moins. Quand je suis venue habiter ici, il a commencé à m'envoyer des lettres. Il ne les mettait pas dans la boîte aux lettres, mais il les laissait devant la porte, quand il savait que je devais sortir. Sur l'enveloppe, il mettait mon nom : Mademoiselle Zayane. Lui s'appelle Lucien. Il ne va plus au lycée, il travaille dans la boulangerie. Il a déjà la peau très blanche, comme s'il était saupoudré de farine.

J'aime beaucoup sa grand-mère. C'est une vieille dame italienne, avec des cheveux teints en noir coiffés en bandeaux. Elle est habillée de noir, avec un col de dentelle et un petit tablier. Avec ses cheveux en bandeaux, et son visage ovale, elle a l'air de venir d'un autre siècle, ou d'un tableau. Elle est toujours douce et souriante. Au début, quand je suis venue habiter à la Loge, j'allais acheter le pain chez elle, en rentrant du lycée. Elle me disait : « Signorina. » Quand j'étais malade, elle demandait de mes nouvelles : « Comment va la Signorina? »

Lucien m'envoyait des lettres chaque jour, je trouvais ça drôle. Il n'osait pas me parler. Il écrivait des choses bizarres, des poèmes, avec des rimes, il disait que j'avais l'air de venir d'une autre planète, que j'étais du pays d'ailleurs, il disait qu'il voulait apprendre ce que je savais d'un autre monde... Il mettait des points de suspension partout. C'était un peu difficile à comprendre. Quelquefois, quand j'entrais dans la boulangerie, je le voyais au fond du magasin, en short et en chemisette à cause de la chaleur du four.

Un jour, il m'a parlé, il m'a prêté son vélomoteur. C'était un Bébé Peugeot tout ce qu'il y avait de vieux, le modèle avec les carters arrondis, qu'il avait repeint en orange. Il m'a dit : « Si tu veux, je te le donne. » Je n'étais jamais allée à vélomoteur. Il m'a montré comment on faisait, avec la poignée pour changer de vitesse.

Je me souviens, la première fois que je suis sortie avec le Bébé Peugeot, j'ai fait le tour de la vieille ville, puis j'ai roulé sur le trottoir le long de la mer. C'était une journée d'hiver, grise et froide. Il n'y avait personne d'autre que les mouettes qui couraient sur les galets. J'ai roulé à toute vitesse au milieu des voitures arrêtées. C'était magnifique, jamais je n'avais ressenti cela auparavant. J'étais libre, je pouvais aller où je voulais, jusqu'au bout de la ville, dans les collines, jusqu'aux quartiers inconnus. Le vent froid faisait pleurer mes yeux. Je frôlais les voitures immobiles, je descendais du trottoir pour franchir les places, je grimpais les ruelles entre les poubelles. Je pouvais parcourir en quelques instants ce qui aurait nécessité des journées entières à pied, j'allais jusqu'à la gare, jusqu'au port, jusqu'à l'aéroport. Je ne connaissais pas cette ville. Il y avait de grands espaces obscurs, des avenues rectilignes, des murailles d'immeubles blancs. Il y avait des quartiers d'Indochinois, des marchés à la sauvette, des rues louches, des magasins luxueux éclairés de lumière platine.

Je ne pensais à rien de tout cela en roulant. Il y avait seulement la vibration du moteur dans mes poignets, la terre qui glissait sous mes pieds, le vent froid qui coupait le souffle.

Tout le mois d'avril, Lucien m'a prêté le Bébé Peugeot, chaque matin. Le matin, il travaille à la boulangerie. Quand je sors, il apparaît, couvert de farine. Il défait l'antivol, il le met autour du guidon. Il dit : « Fais attention quand même. » Quand je grimpe sur le Bébé, j'ai les yeux qui brillent. C'est Lucien qui dit ça. Il m'a dit que c'est pour ça qu'il me prête le vélomoteur, pour voir briller mes yeux. Jamais personne ne m'a rien dit d'aussi gentil.

Il y a eu beaucoup de choses ce printemps-là, des bonnes et des mauvaises. Mais je crois bien qu'il n'y a rien eu de mieux que ces promenades sur le Bébé Peugeot, à travers la ville, tôt le matin, quand l'air est encore froid et qu'on réveille même les pigeons. C'était bien, c'était vraiment bien. J'ai eu l'impression de recommencer à vivre, que je pouvais recommencer à rester en vie, qu'il y avait quelque chose pour moi, ici. Je ne sais pas comment le dire, quand on a été tout près du bord, je me souviens, je regardais le vide par la fenêtre du sixième étage, et je pensais que je pourrais tomber, tomber, sans fin, pour l'éternité. Ce n'est pas seulement le Bébé, c'est aussi la voix de Lucien, ses yeux très doux, sa peau si blanche, et la vieille dame italienne dans la boulangerie, avec sa robe noire et ses bandeaux. Alors j'ai un peu honte de ce que j'ai fait à son petit-fils, parce qu'après ça n'était plus pareil, j'ai eu l'impression que j'avais cassé quelque chose. Il ne m'a plus jamais écrit de lettres bizarres.

Un après-midi, pendant que ma mère était à son atelier Atlas, j'ai rencontré Lucien dans la rue et je lui ai demandé s'il voulait voir l'endroit où j'habitais. Il m'a suivie jusqu'en haut de l'escalier, il est monté derrière moi, et j'ai pris la clef attachée autour de mon cou et j'ai ouvert la porte. La maison était silencieuse, peut-être que tout le monde était sorti. Même le serin de la dame du troisième ne disait rien. Dans le petit appartement, il faisait moins sombre que d'habitude, la lumière passait à travers les persiennes et faisait des taches blanches en haut des murs.

Lucien est resté debout dans la pièce, sans rien dire. Il ne regardait même pas autour de lui. Il faisait déjà chaud dans l'appartement, à cause du soleil qui brûlait le toit. J'avais des taches de sueur sous les bras, mon T-shirt collait à mon dos. J'avais l'impression de sentir mauvais, et en même temps j'aimais cette odeur, ça faisait battre mon cœur plus vite et plus fort, comme quand on a couru. C'était peut-être à cause des escaliers.

On s'est assis dans l'alcôve, sur le bord du canapé. On parlait, ou on ne parlait pas, je ne sais plus, ça n'avait aucune importance. Je n'avais rien à dire. Lucien aussi sentait la sueur, son visage enfantin brillait dans la pénombre. Il a voulu m'embrasser, mais moi je n'avais pas envie. Je l'ai repoussé. Et en même temps, sans comprendre pourquoi je faisais ça, j'ai enlevé mon T-shirt et je l'ai fait passer pardessus ma tête, et je suis restée assise devant lui, sans bouger. Il regardait ma peau et mes seins, et j'entendais le bruit de sa respiration et les battements de mon cœur. « Écoute. » J'ai pris sa main et je l'ai posée sur ma poitrine, pour qu'il sente les coups. Il a commencé à me caresser, et malgré la chaleur, je sentais tous les poils de mes bras qui se hérissaient. Il avait des mains très douces, je me souviens que je lui ai dit que ça devait être à cause de la farine. Mais il ne riait pas. Il était tendu, et quand il s'est serré contre moi, j'ai senti qu'il tremblait. Ça m'a paru étrange, et moi aussi, j'avais peur jusque-là, et d'un seul coup j'ai cessé d'avoir peur. Je voyais ce que j'étais en train de faire, et ça m'était égal. J'avais envie d'aller jusqu'au bout, devenir une femme. Je ne voulais plus faire semblant.

C'était étrange, en vérité, peut-être que c'était d'aller sur le vélomoteur qui m'avait fait comprendre cela, en filant vite à travers les rues où j'avais marché si lentement, en laissant derrière moi tant de gens, de maisons, de noms, de numéros. J'ai demandé : « Tu as déjà fait l'amour? » Lucien m'a regardée, comme s'il ne savait pas quoi dire. Peut-être qu'il croyait que je me moquais de lui. Il a dit « non » de la tête, sans parler. Son visage brillait de sueur, il tremblait en s'appuyant sur les bras. Je l'ai aidé à enlever sa chemise et son T-shirt, et son pantalon. En dessous, il était en maillot de bain. Je me suis rappelé qu'il allait à la piscine chaque après-midi, avec des camarades. Il avait une peau lisse et très blanche comme son visage, ses cheveux et ses poils étaient bouclés par la sueur. Il s'est penché sur moi, il a posé ses lèvres sur ma poitrine, sur mon cou. Il essayait de me déshabiller, mais il n'y arrivait pas bien, alors je me suis levée, et j'ai enlevé moi-même mon pantalon et mon slip. Maintenant mon cœur ne battait plus fort du tout. C'était bien de ne plus avoir tous ces vêtements, je sentais ma peau se rafraîchir et se sécher. J'avais l'impression que Lucien m'avait enduite de farine, comme un poisson qu'on va frire. Puis il s'est couché sur moi, et il a essayé de faire l'amour, mais il n'y arrivait pas du tout. Il tremblait de plus en plus, sa respiration était oppressée, son corps ruisselait de sueur. À un moment, j'en ai eu assez. Je l'ai repoussé, et lui, il s'est accroché à moi comme si j'étais un morceau de bois, il restait serré contre mes seins, contre mon ventre, tous ses muscles étaient tendus comme des cordes. Pour me dégager, j'ai dû glisser sous lui, je me suis laissée tomber du lit, j'ai défait le nœud de ses bras et je me suis relevée. Il restait en travers du canapé, son corps très blanc jeté à plat ventre, la tête enfoncée dans les plis de la couverture. Il respirait fort, j'ai cru qu'il pleurait. Mais quand je me suis rhabillée et que je me suis assise sur le canapé à côté de lui, il s'est redressé d'un coup. Il avait une drôle d'expression, à la fois triste et en colère. Ses yeux brillaient avec une sorte de méchanceté.

Je ne sais pas ce qu'il a dit, ou ce que j'ai dit, ni même si on a dit quelque chose. Il me semble qu'il a parlé des filles en général, ou d'une autre fille. Vraiment, je ne m'en souviens plus. Il s'est rhabillé à la hâte. Il était assez habile, je me souviens qu'il a enfilé son pantalon et son maillot de bain en même temps. Ça m'a fait un peu rire de voir ça. Dans la pénombre, son corps était mince et fin comme celui d'une jeune fille, sauf le sexe, tout petit et recroquevillé dans la touffe noire, et il l'a caché très vite, avec honte.

Moi je pensais que je ne devais pas être comme tout le monde, parce que je n'avais honte de rien. Je pensais que c'était peut-être pour ça que ça n'avait pas marché, parce que je ne me conduisais pas comme devaient se conduire les filles.

Quand il est parti, et qu'il a claqué la porte, en disant juste : « Allez, au revoir », j'ai commencé à ressentir le vide et le froid, parce qu'il ne m'a même pas regardée, il ne m'a pas demandé quand on devait se revoir. Je l'ai entendu dévaler le vieil escalier qui tremblait, j'ai entendu le bruit de ses pas dans la rue, puis ça s'est mêlé aux autres bruits. L'après-midi, la Loge était un quartier silencieux. Il y avait des pigeons qui marchaient dans la gouttière, leurs ongles grinçaient sur le zinc. Je me suis allongée sur le canapé, dans l'alcôve, sans m'habiller, et j'ai regardé la lumière briller sur mon corps. La chaleur du soleil montait sur le toit, il y avait des craquements dans les tuiles. Je ne sais plus ce que je pensais à ce moment-là, à quoi je rêvais. Je flottais dans le demi-sommeil, c'était agréable. Je pensais peut-être que c'était la première fois. Je pensais qu'il s'était passé quelque chose, et en même temps qu'il n'y avait rien. J'attendais. Il y avait comme de la fièvre au fond de moi, une onde chaude qui allait et venait, dans mes jambes, dans mon ventre, dans mes seins, jusqu'à mon visage. Je passais mes mains sur mon corps, je dessinais les formes, les creux. J'attendais, et aussi je n'attendais rien. C'est difficile de dire ça autrement. C'est simple à comprendre, non?

La nuit, je ne peux pas dormir. C'est impossible. Il y a cette électricité, en moi, et partout, dans l'air, des étincelles dans le noir, sous les draps, comme des boules qui roulent autour de moi. Il y a des éclairs en nappes, dans le ciel, sur le plafond. J'ai les yeux ouverts, j'attends. Je ne sais pas ce que j'attends. J'écoute sonner les heures au clocher de la cathédrale. J'écoute la respiration de ma mère. Elle dort dans l'alcôve, sur le canapé-lit. L'autre jour, elle n'a rien dit. Mais j'ai compris qu'elle savait, à propos de Lucien Truchi. Des gens lui ont dit, et aussi que j'allais sur le vélomoteur, à toute vitesse dans les rues. Elle n'a rien dit. Mais elle a un drôle d'air, un regard durci. A la façon dont elle a pris possession du canapé-lit, en changeant les draps, et en retournant le matelas, j'ai compris qu'elle savait tout. De toute façon, elle ne pouvait rien dire. Si elle avait dit quelque chose, je n'aurais pas supporté. Je serais partie. D'ailleurs elle serait bien mal placée pour dire quelque chose, avec son marin italien qui vient la voir dans l'appartement.

Il y a longtemps que je pense à faire ça, et je vais le faire : un jour, fermer la porte à clef, accrocher la clef au clou qui est au-dessus de la porte, et m'en aller, marcher dans les rues de la ville. Prendre le train. Peut-être jusqu'à Marseille, ou bien jusqu'en Espagne. Prendre le bateau et retourner dans mon pays, de l'autre côté de la mer, à Mehdia, retourner à Nightingale. Revoir la forêt de chênes-lièges, les champs, les dunes, l'estuaire de la rivière, les remparts. Que reste-t-il de Nightingale maintenant? Quand le Colonel Herschel est parti, à cause des incendies et des bombes, il a tout laissé, comme s'il devait revenir. Les meubles, les outils, les serres, tout est resté là-bas. Le gouvernement américain lui avait dit de partir, à cause de la base, des attentats. Mais il ne croyait pas que c'était pour toujours. Maintenant, le temps a passé. Les cabanes des ouvriers ont dû s'effondrer, et la grande maison de briques ne doit plus avoir de portes ni de fenêtres. Quelqu'un a dit un jour à Madame Herschel, je m'en souviens, que les gens avaient tout emporté, tout ce qu'on pouvait emporter, tout ce qui était en bois ou en fer. Même les cheminées. Même les gouttières et les arceaux de la tonnelle.

C'est pour cela que je n'arrive pas à dormir. Je suis deux. Il y en a une ici, dans l'appartement de la Loge, allongée sur le lit pliant, en train de nager au milieu des éclairs et des étincelles; et une autre qui est restée là-bas, à Nightingale, près de la mer, avec le ciel si clair, cachée dans les touffes d'herbe des dunes, écoutant le chant des criquets, la musique des vagues.

Au printemps, il y avait les mariages. C'est peut-être un de mes plus vieux souvenirs, l'année où ma mère était revenue à Mehdia. Elle était venue me voir à Nightingale. Elle était si jeune, elle avait l'air encore d'une enfant. Elle riait et elle chantonnait tout le temps, elle me parlait dans sa langue que je ne comprenais pas. Je ne me souviens plus de son visage, mais je n'ai pas oublié la façon dont elle était habillée. C'était une robe longue très claire, et il y avait ce châle blanc qu'elle portait sur la tête et les épaules, sûrement, et qui ne laissait voir que les yeux. Elle cachait sa bouche quand elle mangeait, ou quand elle riait. Elle me montrait comment on danse, pieds nus sur le carrelage de la cuisine, au pied des escaliers. Peut-être qu'elle travaillait pour Amie, ou bien elle habitait en ville, je ne sais plus. Mais elle passait son temps avec moi, elle m'emmenait me promener, et elle me faisait danser, pieds nus, en martelant le sol de plus en plus vite. Cela, je ne l'ai pas oublié. Même maintenant, je me souviens d'elle en ce temps-là, et je ne peux pas m'empêcher de l'aimer, et pourtant je la déteste.

Je me rappelle le mariage de Jamila. Ma mère m'avait préparée, elle m'avait habillée et coiffée, pour aller au mariage de sa cousine Jamila. C'est ce nom-là qui est resté en moi. Ma mère m'avait fait des tresses, en mêlant de la laine aux cheveux, et elle m'avait mis du rouge sur les joues. C'était la première fois, je voyais mon visage dans le miroir, je ne me reconnaissais pas. Ensuite elle m'a emmenée, nous avons marché sur la route jusqu'à Mehdia, et nous avons pris le car pour Kenitra. J'étais dans une grande ville que je ne connaissais pas, avec des avenues plantées d'arbres, de grands immeubles, et toutes ces petites maisons blanches et pauvres, chacune avec sa cour intérieure. Il y avait des chèvres, des poulets. Partout, il y avait des enfants, des femmes voilées auprès des fontaines. Il y avait des bruits de voix, des musiques étranges qui sortaient des maisons, les postes de radio qui répétaient tous la même chanson d'un bout à l'autre des rues.

Nous sommes d'abord allées dans la maison de la fiancée. Le mariage ne devait pas avoir lieu dans cette maison, qui était trop petite pour la fête. La mère de Jamila avait loué une autre maison plus loin, à l'autre bout de la rue. Jusqu'au soir nous sommes restées dans la maison de la fiancée, pendant qu'elle se préparait. C'était une maison propre, simple et belle dans la lumière blanche, avec une cour de terre battue où il n'y avait rien qu'une jarre d'eau. Je suis restée assise dans la cour, et de temps en temps j'allais regarder par la petite porte la chambre où la fiancée se préparait. Elle était assise en tailleur sur un coussin, et les femmes autour d'elle peignaient ses cheveux et fardaient son visage. A côté d'elle, dans un coffre, il y avait ses bijoux qui luisaient dans la pénombre. Ma mère était avec les femmes, elle parlait et elle riait. On entendait un bruit de musique dans le lointain, des cris d'enfants.

Quand le soir est venu, la fiancée et sa mère sont parties pour l'autre maison, et avec ma mère j'ai suivi le groupe des femmes. Il faisait déjà sombre dans la ruelle, il n'y avait pas encore de feux allumés dans les maisons. Je sentais une impression très forte, je ne l'ai jamais oubliée, c'était comme de la peur, et en même temps j'avais très envie de voir ce qui allait arriver. Mon cœur battait la chamade. Le froid de la nuit arrivait, il y avait une brume qui recouvrait les étoiles brillantes.

Dans l'autre maison, la fête avait commencé. La cour était très grande, déjà pleine de monde. Dans la cour, les braseros rougeoyaient, des femmes éventaient les charbons avec des soufflets, et des odeurs étranges montaient, se mêlaient à la fumée. Je n'avais jamais senti des odeurs comme celles-là. Cela sentait le cumin, le poivre, le gingembre, la coriandre. La fumée du piment grillé prenait à la gorge, empêchait de parler. Je suivais ma mère, je m'accrochais à sa robe tellement j'avais peur de tout. J'étais émerveillée.

A un bout de la grande cour, des hommes étaient assis, enveloppés dans leurs manteaux de laine, ils fumaient des cigarettes, et la lumière des braseros éclairait leurs visages. Ma mère m'a montré l'un d'eux : « Regarde, c'est le fiancé de Jamila. »

Les enfants couraient dans la cour pieds nus, les filles riaient et leur jetaient de petits cailloux, ou des noyaux. Je suis restée assise par terre à côté de ma mère, pendant qu'elle préparait à manger devant un brasero. Elle avait mis des morceaux de viande à cuire dans une marmite à pression sans couvercle, cabossée et noircie, comme je n'en avais jamais vu. J'écoutais l'huile crépiter, je respirais l'odeur de l'ail et de l'oignon. Je m'étais mise tout près du brasero, à cause du froid de la nuit, et puis la lumière rouge du charbon me rassurait. Des enfants venaient s'asseoir à côté de moi, ils me parlaient dans leur langue chleuh. Il y avait des filles qui touchaient mes cheveux, ma robe de petite fille française, elles regardaient avec curiosité mes chaussures vernies. Elles riaient, elles se moquaient un peu, puis elles allaient ailleurs.

Je me souviens d'un visage, je ne l'ai jamais oublié. Longtemps, j'ai pensé que ça devait être elle, Jamila, celle qui s'était mariée cette nuit-là. Mais j'ai compris ensuite que ce n'était pas possible. Pendant que la fête commençait, la fiancée devait rester cachée dans une chambre, avec sa mère et ses parentes, avec tous ses voiles pour le mariage. Cette jeune fille est venue à côté de moi, et son visage éclairé par le brasero est resté marqué dans ma mémoire. Elle était si jeune, à peine sortie de l'enfance. Ses yeux étaient longs, entourés d'un mince fil de khôl, ils luisaient d'un noir profond dans la nuit, et l'arc parfait de ses sourcils donnait à son visage une expression de tristesse étrange au milieu du bruit et de l'agitation joyeuse de la fête. La jeune fille s'est assise devant le brasero, elle s'est tournée vers moi et elle m'a regardée avec ses yeux profonds qui m'interrogeaient. Je ne savais pas ce qu'elle voulait, mais elle demandait quelque chose, comme cela, rien qu'avec ses yeux, et maintenant encore ça me trouble et ça fait battre mon cœur. Je me souviens aussi qu'elle avait quelque chose d'extraordinaire, entre les yeux, sur la peau du front, une marque tatouée en forme d'étoile, en forme d'insecte. Elle me regardait sans rien dire. Après, elle est partie, elle est allée rejoindre les femmes, à l'autre bout de la cour.

Il y avait des cris, de la musique. L'air était froid, je me serrais avec les autres enfants devant la chaleur du brasero. L'odeur du charbon se mêlait à celle de la nourriture. Je me sentais ivre. Peut-être que j'avais mangé trop de gâteaux au haschich. Avec des filles de mon âge, j'ai marché jusqu'à l'autre bout de la cour, là où les femmes préparaient la pâte d'amande. Je buvais le thé âpre et brûlant dans un petit verre. Contre le mur de la maison, il y avait l'orchestre, des joueurs de rebec et d'autres qui frappaient sur de petits tambours de terre cuite. A côté, les femmes entouraient les shaftras, les danseuses obèses couvertes de bijoux et de pièces d'or, qui portaient des plumes d'autruche noires dans leurs cheveux. Au milieu du cercle des femmes, une danseuse à genoux balançait son buste, balayait le sol avec sa longue chevelure noire, et frappait les colliers de pièces avec ses mains. La fumée était âcre, il y avait des éclats de lumière, des lueurs rouges, des ombres. J'avais peur, j'étais ivre. Je dansais avec les autres filles, j'avais ôté mes souliers vernis et je dansais en martelant la terre durcie.

Les voix des femmes éclataient tout à coup, ça faisait un drôle de cri aigu, comme un sanglot, et les tambours résonnaient au fond de ma poitrine. Je dansais en tournant sur moi-même, sans m'arrêter, frappant la terre avec la plante de mes pieds et les talons, et tout le monde tournait avec moi, les yeux des filles brillaient, leurs colliers s'entrechoquaient, je voyais briller l'ivoire de leurs dents dans leur visage sombre.

Je me suis assise par terre. J'avais le vertige. Les gâteaux me donnaient la nausée. Tout d'un coup, elle est revenue vers moi, la fille aux yeux peints de khôl, portant l'étrange signe sur son front. Elle m'a pris la main, elle a approché de mes lèvres un verre de thé amer, violent. Elle ne disait rien. De toute façon, il y avait tellement de bruit et de musique, tellement de tourbillons dans la cour que je n'aurais pu entendre sa voix. Elle est restée longtemps assise à côté de moi, à regarder la fête. Par instants, je sentais son regard sur moi, ses yeux sombres et brillants qui me scrutaient. Puis son visage s'éclairait, elle riait, et je riais avec elle, sans savoir pourquoi. Vers minuit, les enfants s'étaient endormis les uns après les autres. Ils s'étaient couchés à même la terre, la tête appuyée sur leur bras.

Avec mon amie, j'ai marché dans la cour, de brasero en brasero. Les femmes continuaient à cuisiner. Il y avait la lueur des braises, la fumée prenait à la gorge. Et toujours, sans cesse, la musique, les roulements des petits tambours, et la voix des femmes qui chantaient, qui sanglotaient. J'avais le vertige. Mon amie m'a guidée par la main, à travers la cour, jusqu'à une petite porte qui donnait sur un terrain. Elle m'a tenue pendant que je vomissais. J'étais si fatiguée, je crois que je pleurais. Elle m'a emmenée jusqu'à la grande maison, elle m'a trouvé un coin, entre des enfants endormis. Je me suis couchée par terre, et il me semblait que j'étais sur un radeau qui s'en allait le long d'un fleuve interminable. Dehors, par la porte ouverte, j'apercevais le ciel, les étoiles. La jeune fille est restée un long moment contre moi, pour me tenir chaud. Je sentais sa respiration calme, son bras autour de mes épaules. Jamais personne ne m'avait serrée comme cela.

Je me souviens de cette longue nuit. Parfois, des femmes venaient, elles parlaient fort, elles riaient, je ne comprenais pas ce qu'elles voulaient. Certaines avaient des torches électriques, elles éclairaient les visages, elles cherchaient leurs enfants. Elles tâtaient les corps endormis, elles passaient la main sur les têtes, dans les cheveux. Elles disaient des noms, d'une voix aiguë, Ali, Samira, Salima... Je ne pouvais pas dormir. J'avais les yeux brûlants, la gorge sèche. J'écoutais tous les bruits, la musique qui ne cessait pas, qui grandissait, le roulement des petits tambours de terre, la voix stridente de la chanteuse, les pieds des shaftras qui martelaient le sol. J'écoutais la respiration tranquille de la jeune fille. Elle dormait, et son corps était appuyé contre moi. La nuit était longue. Elle n'avait pas de fin. Je pensais que le jour ne reviendrait peut-être plus jamais.

L'air léger. La liberté, courir les rues. Sur le Bébé Peugeot, le plus loin possible, pour sentir le vent, rouler sur le trottoir entre les autos arrêtées, le long de la mer, aller vers le soleil. Tout est possible. C'est ce que je voulais, je crois, faire tout ce qui est possible. En même temps, j'avais peur, j'étais au bord du vide, comme dans un rêve. Il y a l'étendue d'ombre, on peut tomber. On peut se perdre.

Le vent, le soleil, la mer. Je sens la vie, dans mon ventre, dans ma poitrine, dans mes mains. C'est comme un fourmillement. Il y a quelque chose qui a changé, je ne suis plus la même, jusqu'à la pointe de mes cheveux. C'est dangereux, c'est effrayant de le dire. Il ne faut jamais se regarder dans les miroirs, ni même dans les vitres des magasins, ni sur les carrosseries des voitures. Bébé Peugeot a un rétroviseur sur la poignée gauche. Lucien l'a installé, il était très fier. A force de le retourner, j'ai fini par le casser, et il pend lamentablement sous le guidon. Je ne veux pas voir mon reflet, ni le regard des autres. Je ne veux voir que le ciel, même gris.

Les journées sont longues, longues. Le matin, je m'en vais en même temps que ma mère, avec mon sac, comme si j'allais au lycée. Le soir, je reviens quelquefois avant elle. Je ne monte pas tout de suite. Je reste assise sur le seuil, pour le cas où Gianni serait en haut.

Les heures sont longues comme des mois, comme des années. Quand je reviens, le soir, je suis ivre de tout ce que j'ai vu, du vent, de la lumière du soleil, du regard des gens. Je ne mange pas. Le soleil mange mon visage. J'ai mis des lunettes noires, des lunettes à monture plastique imitation écaille que j'ai achetées au bazar « Tout à cinq francs ». J'ai toujours le vieux manteau marron avec des manches trop longues. C'est lui que j'avais quand je suis arrivée, par le bateau. Quand Amie me l'a donné, il était immense comme un peignoir, elle avait roulé les manches. Elle disait : « Tu as l'air d'un clown ! » Moi je l'aimais, je ne voulais plus le quitter. Je dormais avec, sur le pont du *Commandant Quéré*, je m'étais enveloppée dedans comme dans une couverture.

Je ne voulais pas aller dans la cabine avec Amie et le Colonel. Le bateau roulait lentement dans la nuit, sur la mer invisible. C'était un été, il faisait doux, le vent était tiède. J'ouvrais les yeux, je voyais le ciel étoilé que cachaient de temps à autre les volutes de fumée. J'étais sur le dernier pont, à côté des grandes cheminées.

Je n'ai pas oublié cette nuit-là. Elle semblait immense et sans fin, elle aussi, comme lorsque j'étais allée aux noces de Jamila. Mais c'était une autre nuit, un autre monde. Je m'en allais. Je ne savais pas où j'allais. Peut-être que je croyais que je partais en vacances. C'était comme pour les vacances, il y avait beaucoup de monde sur le bateau, les gens allaient et venaient d'un pont à l'autre, les enfants couraient, les bébés pleurnichaient. La plupart des gens n'avaient pas de couchette, ils dormaient à même le pont, enveloppés dans des couvertures. D'autres avaient trouvé des transats, ils avaient mis autour d'eux tous leurs effets, les valises, les cartons. La vibration des machines changeait avec les oscillations du bateau. Du côté des chaloupes, il y avait des jeunes gens, j'entendais par instants leurs rires, un air de guitare. Je crois que j'ai compris que je m'en allais pour toujours.

Ma mère est rentrée plus tôt, elle m'a attendue sur le seuil de la maison. Quand je suis arrivée, elle n'a rien dit, mais elle avait sa tête des mauvais jours. Elle avait les lèvres serrées. Quand on est entrées chez elle, elle a dit : « Où étais-tu ? » Elle avait une drôle de voix sourde. J'ai cru qu'elle allait me frapper. Je me suis mise devant la porte, j'étais prête à m'en aller. Je n'ai pas voulu inventer quelque chose. Je lui ai dit : « Je ne suis pas allée au lycée. » Ça fait bien des semaines que je ne vais plus au lycée. J'écris moi-même les mots d'absence. De toute façon, elle ne sait pas écrire. J'ai regardé dans un dictionnaire quelle maladie je pourrais avoir. Des rhumatismes. J'ai trouvé ça, des rhumatismes articulaires. Avec ça, je peux m'absenter quand je veux. Je suis allée quand même aux cours de Miss Butterworth, parce qu'elle est drôle, avec ses taches de rousseur. Et j'aime bien l'anglais, c'est la langue du Colonel. J'aime bien écouter Radio Tanger, The Voice of America, ou aller voir les films américains. Les autres cours, la chimie, les maths, le français, l'histoire-géo surtout, je ne pouvais plus les supporter. J'écris les mots sur un beau papier gris que j'ai acheté aux Galeries Lafayette. Je ne voulais pas qu'on sache que ma mère ne sait pas écrire. J'ai acheté de belles enveloppes doublées de papier satin. J'écris le mieux que je peux. J'invente un style :

« Cher Professeur,

« Ma fille me rendra folle.

« Ces crises continuelles me font souffrir peut-être plus qu'elle, les médecins en perdent leur latin.

« Mais si elle n'y est pas par le corps, sachez que ma fille est sans cesse présente par l'esprit. Elle relit les livres, elle raconte le cours comme si elle y était. Elle est impatiente d'être de nouveau sur pied. Ne lui en veuillez pas! »

J'invente les prénoms: Saba, Henriette, Lucienne. J'invente les adresses, le numéro de téléphone. J'invente ma mère. Elle ne s'appelle plus Mariem, elle s'appelle Jamila. Elle s'appelle Elsa, ou Sarah, elle s'appelle Hélène. Elle travaille dans un grand bureau tout en verre, comme les banques, ou bien dans un immeuble de ciment gris avec une moquette d'un bleu profond. Il y a du marbre, des glaces, des plantes vertes qui montent jusqu'au plafond.

J'invente sa vie, ses voyages, ses amants. Mon père est séparé d'elle, il vit à l'autre bout du monde, il est marin, pas comme Gianni, un capitaine de la marine marchande, sur un grand porte-conteneurs qui va jusqu'à Yokohama, jusqu'à Hawaii.

J'invente d'autres maladies. Une affection rare du fond de l'œil, due à un trop fort rayonnement d'ultraviolets.

« Ma fille Sarah, Saba, risque de perdre la vue, imaginez mon désarroi! Dès demain je l'emmène consulter le Professeur Leroy à Lyon, il est peut-être le seul qui puisse la sauver. Je ne peux croire qu'elle ait à renoncer à tout jamais aux études. A-t-on le droit de lui cacher la vérité? Si je lui révélais la gravité de son état, elle perdrait confiance en moi, en vous... A bientôt j'espère, à la grâce de Dieu. »

C'est à ce moment-là que j'ai acheté mes lunettes noires, au bazar.

Ma mère ne m'a rien demandé. Peut-être qu'elle ne savait rien de tout ça. Le lendemain, elle n'est pas allée à la fabrique Atlas. Lucien attendait près de la boulangerie, à côté du Bébé Peugeot. Il faisait beau, il y avait les cris stridents des martinets.

« Habille-toi. » J'ai voulu mettre le vieux manteau marron,

mais ma mère s'est mise en colère. « Pas cette saleté. » Elle a jeté le manteau par terre. J'ai mis une veste propre. J'ai marché dans la rue, un peu derrière elle. Je ne savais pas où elle m'emmenait.

On a marché jusqu'à cette grande avenue, dans le centre de la ville, où habite le docteur Haven. C'est une femme de cinquante ans, un peu grosse, avec des cheveux décolorés en jaune. Elle est gynécologue. Je ne savais pas bien ce que ça voulait dire. Je ne comprenais pas pourquoi ma mère m'avait emmenée là. Ma mère est restée dans le bureau, et la grosse femme m'a fait allonger sur une civière recouverte d'un papier. Elle m'a fait écarter les jambes, et elle a regardé dans mon sexe, elle avait des gants de caoutchouc, et un instrument froid. Mon cœur cognait, j'avais peur, j'avais honte. Ensuite, elle a enlevé ses gants, et j'ai attendu sans bouger sur la civière. Elle a dit : « C'est fini, tu peux te rhabiller. » Elle m'a posé des questions, d'une drôle de voix un peu embarrassée. Elle m'a demandé si j'avais eu des relations avec des hommes. Je n'avais plus peur, j'étais en colère. J'ai dit oui, avec plusieurs. Elle m'a regardée, elle a simplement dit : « Eh bien, ça ne se voit pas. » Alors j'ai compris pourquoi ma mère m'avait emmenée là, chez cette femme. J'ai senti plus fort la colère, la rage. Mon cœur battait très vite, le sang brûlait mon visage. Je voulais repartir, j'ai ouvert la porte et j'ai descendu l'escalier de l'immeuble très vite, j'ai couru dans la rue, sans attendre ma mère.

Je ne voulais pas retourner chez ma mère, à la Loge. Je ne savais pas où aller. J'avais le vertige. D'une cabine, j'ai téléphoné à Amie, à la clinique. Les autos passaient en klaxonnant, je ne sais pas pourquoi, comme des animaux qui jettent un cri et puis s'en vont. Le ciel était lourd, plombé. Maintenant j'étais si fatiguée. La voix d'Amie a résonné dans l'écouteur, lointaine, faible. Je ne comprenais pas ce qu'elle disait. J'ai raccroché, et j'ai marché vers la colline, jusqu'à la villa des acanthes. A l'étage, les volets étaient fermés. Le Colonel n'était pas là, il était peut-être sur le chemin de la clinique, ou bien il était allé acheter de quoi manger.

Je me suis assise sur le seuil, et j'ai regardé le chemin en l'attendant.

Je me souviens, c'était avant qu'on ne parte de Nightingale, avant l'été. Le Colonel m'avait donné rendez-vous à la sortie de l'école, il était venu me chercher dans sa belle Hillman verte. Il m'a emmenée jusqu'aux collines, au-dessus de la rivière, pour me montrer les serres qu'il avait achetées. On s'est arrêtés devant un chemin de terre qui grimpait jusqu'en haut d'une colline. Au milieu de la forêt de rouvres, il y avait une vieille maison ruinée, et les serres. Le Colonel m'a fait visiter les serres. Il marchait au milieu des anthuriums comme un général qui passe ses troupes en revue. Sur les tiges très droites apparaissaient déjà les calices couleur de corail.

Je suis restée en arrière, pendant qu'il inspectait les serres avec Ali, le jardinier. Il touchait la terre, il examinait le système d'instillation d'eau. Il avait inventé tout un appareillage pour que les fleurs soient comme dans leur climat d'Afrique tropicale. L'eau tombait goutte à goutte sur des plaques de tôle peintes en noir chauffées par les rayons du soleil, et s'évaporait à l'intérieur de la serre. Il faisait très chaud, ça sentait l'humus, la moisissure.

Le Colonel était très surexcité. Il m'a pris la main, il m'a entraînée jusqu'en haut, là où il y avait un hangar, à côté de la maison d'Ali. Dans le hangar, des centaines de cartons étaient prêts, avec leurs feuilles de papier de soie pour emballer les anthuriums. Amie avait même dessiné les étiquettes, un rossignol avec écrit au-dessous, en lettres rouges, la marque de fabrique : *Nightingale*.

Le Colonel parlait avec animation, son visage était rajeuni, ses yeux brillaient. Il avait oublié ses soucis, les emprunts, la guerre. Il parlait du grand marché aux fleurs, à Paris. Les anthuriums arriveraient après une nuit d'avion-cargo, et le lendemain, les merveilleux calices seraient dans tous les magasins de la capitale. Il pensait aussi à l'Angleterre, à la Hollande, à l'Allemagne. « Tu seras mon ambassadrice. » Il disait ça en plaisantant, mais peut-être que j'y croyais. Le mois d'après, on est partis de Nightingale, pour ne jamais revenir. La seule chose que le Colonel a emportée, c'était la Hillman verte. Il s'était battu pour qu'elle voyage sur le même bateau. On l'avait mise dans un grand filet, dans le genre de ceux qui servent à charger les vaches, le mât l'avait hissée au-dessus du pont, et l'avait descendue au fond de la cale. Malgré le départ, j'avais été émerveillée de voir l'auto du Colonel entrer dans le ventre du bateau.

Finalement, je suis allée jusqu'à la clinique. Amie partageait une petite chambre avec une vieille femme italienne très douce. Amie était pâle, ses beaux cheveux étaient coupés très court, on voyait la forme de son crâne. Elle avait tellement maigri qu'elle semblait de la taille d'une petite fille. Il y avait des mois que je ne l'avais vue, et ça m'a fait quelque chose. Elle parlait d'une voix faible, presque inaudible. Sur la table, il y avait un bouquet de fleurs que le Colonel avait apporté. Le Colonel était penché au-dessus du lit de sa femme, il lui tenait la main, comme s'il lui disait au revoir. Il avait l'air indécis. Tout pouvait se briser en lui, à chaque instant. Amie me regardait de ses yeux fiévreux, peut-être qu'elle attendait que je parle de moi, de ma vie. Peut-être qu'elle voulait seulement entendre le son de ma voix. J'ai essayé de parler de Nightingale, de tout ça, de la maison, des champs de blé, des dunes et de la mer. Le Colonel et Amie me regardaient. Je savais bien qu'ils allaient se laisser prendre, qu'ils allaient oublier le présent. Ça me faisait quelque chose de les tromper aussi facilement. Ils étaient si vieux, si gentils et inoffensifs. J'étais avec eux, là, dans cette chambre, et je menais une autre vie, j'errais dans les rues jusqu'à la nuit, j'allais me promener avec un homme marié, j'écrivais moi-même des lettres d'excuses au lycée et j'inventais le nom de ma mère. Il ne restait vraiment plus rien de la petite fille que j'avais été, plus rien de ma vie d'autrefois. C'était comme si j'étais devenue tout d'un coup orpheline. A Morgane, comme elle me demandait où étaient mes parents, j'avais dit : « Ma mère est morte, et mon père est parti, bien avant ma naissance, je ne l'ai jamais connu. » Elle m'avait dit : « Si tu veux, je pourrais t'adopter. » Ça l'avait fait rire, parce qu'elle était trop jeune, mais peut-être qu'elle y avait pensé vraiment, peut-être que j'aurais aimé vraiment ça.

Après, j'ai fait comme si j'avais un rendez-vous important, une course pour mes études, n'importe quoi. Le Colonel a dit : « Je vais te ramener. » J'ai dit non, je préférais rentrer en bus, il valait mieux qu'il reste encore auprès de sa femme. Il est resté debout, toujours indécis, les bras un peu écartés. J'ai embrassé Amie et le Colonel, et je suis partie en courant. Je ne voulais pas qu'il change d'avis, qu'il me ramène en ville dans sa voiture verte. Je ne pouvais plus supporter cette couleur.

Dehors, il y avait un nuage du soir devant le soleil. Il faisait froid, le vent soulevait la poussière. C'était bien d'être seule, de marcher seule, de n'avoir personne à aller voir.

La nuit, j'écoute les coups de mon cœur. J'attends, les yeux ouverts, je ne sais pas ce que j'attends. C'est comme si c'était caché, que ça allait apparaître. Autrefois, tout était simple et facile. J'étais Saba, c'était le nom que j'avais reçu à ma naissance, et ma famille c'était Monsieur et Madame Herschel. J'allais à l'école de Mehdia, il y avait des enfants des soldats américains, des Français, des Arabes. On parlait dans n'importe quelle langue. Ça ne m'intéressait pas beaucoup. Ce que j'aimais, c'était cette grande maison avec des briques autour des portes et des fenêtres, au milieu des champs de sorgho et des vignes, et le grand jardin planté de tomates, de haricots, d'artichauts, et juste derrière commençaient les dunes piquées de chardons, et le bruit de la mer.

C'est cela que j'attends, chaque nuit, ici, dans l'appartement de la Loge. Que tout revienne en arrière, vers ces années-là, le ciel bleu si clair, les champs, la tache sombre de la forêt de chênes-lièges, la ligne des montagnes. L'air du matin où dansaient les moucherons, l'estuaire du fleuve où volaient les martinets et les libellules, les champs d'herbe sèche avec les guêpes et les abeilles. Le soir, les oiseaux qui passaient le long de la plage, les mouettes, les vols de courlis qui jaillissaient quand je courais à travers les champs avec Lassie.

Dans la chambre sans fenêtre, je vois la lueur du jour qui arrive, qui emplit la pièce où dort ma mère. Je suis fatiguée d'attendre. Bientôt le réveil va sonner, ma mère va se lever pour préparer du café. Je vais devoir me lever à mon tour, je vais sortir, commencer une nouvelle journée. C'est ça qui me fait peur, et pourtant je voudrais que ça soit déjà là, que ce qui doit arriver arrive.

A Nightingale, quand le jour se levait, j'étais dehors avant tout le monde. Lassie était avec moi. Lassie, elle est arrivée chez nous un jour, sans qu'on sache d'où. Elle était sloughi, avec une belle robe beige sans tache, et Amie lui avait trouvé ce surnom, à cause des films qu'on avait vus au Centre culturel américain. Au début, elle ne se laissait pas approcher, et quand on lui donnait à manger, elle attendait qu'on se soit éloignés pour venir jusqu'au plat. Elle mangeait avec les oreilles rabattues en arrière, sans cesser de nous observer. Et un jour, sans que je comprenne pourquoi, elle est restée quand je me suis approchée d'elle. Je l'ai caressée doucement, sur la tête, le long du nez. Elle s'est laissé faire. Je l'ai embrassée. Je lui ai dit son nom dans l'oreille, doucement : « Lassie, Lassie... » On est devenues les meilleures amies du monde.

C'est à ça que je pense, allongée sur le lit, dans l'appartement de la Loge, avec les coups de mon cœur, les bruits de l'aube dans les ruelles, la lumière grise qui passe par la fenêtre de la pièce où dort ma mère. Il me semble que c'est le même jour qu'autrefois, à Nightingale. Je vais bientôt sortir, je vais chasser le froid à travers les champs de blé, réveiller les cailles et les courlis, et la chienne sera juste derrière moi, les oreilles dressées, les yeux brillants. Je la vois, je sens son haleine sur mes jambes nues, j'entends le bruit haletant de sa respiration. Dans un creux de terrain, je vais tomber par terre dans la terre douce et tiède comme du sable, et Lassie sera avec moi, je sentirai la vie dans son corps, elle mordillera mes mains.

Quand le Colonel Herschel a décidé de quitter Mehdia, après les massacres de Khénifra, à la fin de l'été, il n'a rien dit. Un jour, il a emmené Lassie dans la Hillman Imp verte. « Qu'est-ce qu'il va faire? » J'ai demandé cela à Amie, et ma voix devait être bizarre, parce que j'avais deviné. « Pourquoi le Colonel emmène Lassie? » Amie ne mentait jamais. Elle était accablée. Elle restait assise dans le fauteuil pliant, devant la porte. Pour la première fois, je crois qu'elle m'a menti. Elle a dû parler du vétérinaire, d'un vaccin, de gens qui allaient adopter Lassie, je ne me rappelle plus. « Ça n'est pas vrai, elle va mourir! On va lui faire une piqûre pour la tuer! Elle va mourir, elle va mourir! » Je suis partie en courant, à travers les champs, à travers les dunes. Je suis allée loin, jusqu'à la rivière. Les pêcheurs revenaient avec leurs casiers, ils tiraient les barques sur la plage. D'autres remontaient le fleuve, dans les felouques aux voiles penchées, en suivant l'onde de la marée. Tout le jour j'ai couru dans les dunes, le long de la mer, devant les villas vides. Je me souviens de cette journée-là. Le ciel était si beau et si clair, la mer d'un bleu profond, avec les nappes d'écume qui étincelaient. Je ne pleurais pas. Je courais pour ne pas pleurer. Je ne voulais pas sentir le vide.

Après, je n'ai jamais plus parlé de Lassie, à personne. Je ne voulais surtout pas qu'ils en parlent. Elle était sortie de ma vie, pour toujours.

La nuit, dans l'appartement de la Loge, c'était bien quand même, parce qu'il y avait tous ces bruits. La respiration de ma mère dans l'alcôve, les gens qui marchaient dans les ruelles, et je m'exerçais à reconnaître les pas : les pas pressés des gens qui rentraient tard du travail, les pas furtifs des vieilles, les pas traînants des clochards et des ivrognes. Quand il n'y avait vraiment aucun bruit, j'entendais le sanglot lointain de la fontaine, sur la place. Quelquefois, il y avait tout d'un coup un poste de radio allumé dans la nuit, ça faisait un bruit de musique espagnole, ça s'arrêtait. Il y avait les coups lents des heures au clocher de la cathédrale, et en hiver le vent qui soufflait dans les gouttières, la pluie qui glissait sur le toit, comme un bruit de la mer. C'était bien d'être les yeux ouverts et d'écouter les bruits, ça m'emmenait loin, jusque de l'autre côté de la mer, jusqu'à Mehdia. Les souvenirs s'accrochaient à la nuit, c'était autrefois, c'était hier, c'était la même chose. Quand Monsieur et Madame Herschel sont venus habiter la Roseraie, l'étage de cette vieille maison un peu décrépie sur la colline, avec ce jardin aux acanthes, tout était silencieux et vide. Il n'y avait pas de souvenirs. La vie s'était arrêtée au moment où ils étaient montés sur le pont du *Commandant Quéré*, pour regarder s'éloigner la ville blanche au bord de la mer.

La nuit, j'ai l'impression que rien ne peut changer, que le temps s'arrête et flotte dans le silence. Ici, dans l'appartement de la Loge, je suis vraiment seule, personne ne pourra me dire ce que je dois faire. Mon nom, mon âge, ma famille, mon lycée, mes amis, j'invente tout, je suis libre d'en faire ce que je veux.

Je me rappelle, la fois où je suis partie dans la nuit. C'était cet été où tout s'est décidé, l'été où les récoltes brûlaient, où les villes brûlaient, où les soldats marchaient dans les rues. Je me souviens, parce que l'air était encore frais dans la nuit, le ciel était rempli d'étoiles. Je voulais voir le ciel, guetter les météores, je voulais entendre les criquets chanter. J'avais de l'électricité dans tout le corps, je ne pouvais pas dormir.

J'écoutais le bruit du vent dans les tamaris, le grincement de l'éolienne au bout des champs, j'écoutais le crissement continu des insectes, ça faisait un bruit qui gonflait et décroissait, pareil à la mer. Plus loin, quelque part dans les arbres, la chouette sifflait à intervalles réguliers, comme quelqu'un qui appelle.

Ma chambre était très grande à Nightingale. C'était l'ancienne salle à manger. Quand j'avais eu dix ans, je ne voulais plus dormir dans la même chambre qu'Amie, alors elle avait mis mon lit dans cette pièce. Il y avait deux portes-fenêtres très hautes, et à travers les lattes des volets, je voyais la lumière de la nuit. Jamais je n'ai revu une lumière pareille, blanche, brillante, qui accrochait des étincelles sur les murs et sur le plafond. Je croyais que c'étaient ces étincelles que je respirais, qui entraient en moi, me faisaient tressaillir. Mon cœur battait vite et fort. J'ai mis un pull par-dessus ma chemise de nuit, j'ai ouvert les volets, je suis sortie pieds nus dans la nuit. Mon cœur battait comme si j'allais affronter des dangers.

J'ai marché dans les champs, jusqu'à la rivière. A un moment, j'ai eu peur, parce qu'une ombre venait vers moi. C'était Lassie. Elle a peut-être compris, parce qu'elle n'a pas aboyé. Elle m'a suivie, en trottant un peu de travers comme elle faisait. Je me sentais rassurée avec elle.

J'ai marché à travers les champs de sorgho. Je me souviens du bruit des lames dans le vent, de la couleur de la lune. La lune était belle et ronde; Amie disait que c'était parce que des bébés allaient naître. C'était brillant, étincelant, c'était bien, avec le vent froid qui soufflait sur la terre froide, les bruits stridents des insectes, le murmure de la rivière qui grandissait entre les dunes. Les tiges des sorghos étaient plus hautes que moi, j'avançais sans voir où j'allais, guidée seulement par mon instinct. Mon cœur battait dans ma poitrine, dans mes tempes, je sentais une sorte de vertige. Jamais je n'avais compris à quel point c'était bien d'être seule au milieu des champs, d'aller par des sentiers que j'inventais, de disparaître sous les sorghos. Il y avait l'odeur âcre des plantes, je sentais sous mes pieds les mottes de terre dures, les feuilles coupaient mes lèvres. Et quand je levais le regard, je voyais la lune des bébés qui étaient en train de naître.

J'ai débouché sur les dunes, là où on voit l'estuaire de la rivière, et de l'autre côté, très loin, les lumières de Mehdia. J'entendais le bruit régulier de la mer. A droite, les balises à l'entrée de l'estuaire, et au-delà de la ville, le grand nuage blanc au-dessus de la base américaine.

Je vois tout cela encore, maintenant, dans la chambre de l'appartement de la Loge, comme si c'était hier, comme si j'avais toujours dix ans. Je sens le froid de la nuit, la brume, les poignées de sable que le vent me jette au visage. J'étais libre, je me cachais dans le creux des dunes, avec la chienne couchée contre moi, je sentais l'odeur de la terre. Le monde était bien silencieux. Les étoiles brillaient, puis se cachaient dans la brume. La pleine lune descendait derrière moi, elle éclairait la forêt des chênes-lièges.

Avant l'aube, je suis retournée vers Nightingale. Il fallait longer les dunes, traverser les champs de sorgho, les plantations de haricots et de tomates. La roue de la noria était encore immobile. L'éolienne tournait dans le vent en faisant son bruit de moteur. Dans les huttes des paysans, le feu brillait déjà. A un moment, en courant sur le sentier, j'ai écorché mon orteil contre une pierre. Le sang et la poussière ont fait un caillot contre l'ongle. Je ne ressentais même pas la douleur.

Les coqs enroués criaient d'une ferme à l'autre. Le Colonel disait toujours qu'il prendrait sa carabine et qu'il les descendrait les uns après les autres.

J'entends le bruit de la respiration de ma mère. Elle aussi, elle est partie de chez elle, une nuit, et elle n'est jamais revenue. Peut-être qu'on voulait la marier de force, ou bien elle a suivi un homme de passage. Elle a quitté le village des Zayane, dans la montagne, elle a marché jusqu'à la mer. Son père était un guerrier, un fils du grand Moha ou Hammou qui avait fait la guerre aux Français, à Khénifra. Quand ma mère a quitté la montagne, elle avait mon âge, et déjà elle me portait dans son ventre. Elle a voyagé seule dans toutes ces villes qu'elle ne connaissait pas, elle a travaillé dans les fondoucs, sur les marchés. Celui qui était mon père avait pris le bateau, il est allé travailler de l'autre côté de la mer, en France, en Allemagne peut-être. Mais il n'est jamais revenu. Il est mort en tombant d'un échafaudage, ou bien de maladie. Il n'a rien laissé derrière lui, pas même son image.

Ma mère m'a dit un jour qu'elle avait reçu une lettre en français, et le patron du restaurant où elle travaillait l'a lue pour elle. Dans la lettre, on disait que mon père était mort à Marseille. Ensuite, mes oncles et mes tantes Zayane sont venus de la montagne, pour ramener ma mère, parce qu'ils voulaient lui trouver un autre mari, et me garder avec eux. Ma mère a dit oui, et une nuit elle s'est échappée, elle s'est cachée dans un fondouc jusqu'à ce que ses frères et ses sœurs se lassent de la chercher et retournent dans la montagne. Alors, elle a décidé de partir, elle aussi. Elle m'a mise dans une boîte de carton, et elle a voyagé en camion et en autocar. Dans les marchés, elle s'asseyait par terre, avec la boîte à côté d'elle, et elle attendait qu'on lui donne à manger. Et un jour, elle est arrivée à Nightingale, et elle a déposé le carton sur le sol de la cuisine, elle a pris les billets de banque du Colonel, et elle est partie.

Tout ça, c'est mon histoire, mais je peux y penser maintenant comme si c'était vraiment arrivé à quelqu'un d'autre.

Je peux penser à mon père inconnu, qui est mort à Marseille au moment où je commençais à vivre à Khénifra. Je peux imaginer ma mère, elle n'avait que seize ans, elle était si fragile, avec ses yeux de biche, ses cheveux coiffés en nattes, et pourtant elle était si audacieuse, si forte. Un jour le Colonel m'a parlé d'elle, quand il l'a rencontrée pour la première fois, elle portait ce tout petit enfant sur la hanche. Il y avait quelque chose qui troublait son regard, comme des larmes. Il la revoyait toujours, cette jeune femme au visage d'enfant, l'allure sauvage et décidée, et le bébé qu'elle tenait contre elle et qui suçait son lait. Lui qui était si riche, si puissant, qui avait commandé aux hommes pendant la guerre, le malheur et la jeunesse de ma mère le subjuguaient, le rendaient timide et dérisoire. Ce qui l'émouvait, lui, le soldat de l'armée américaine, c'était le secret sombre et âpre dans les yeux de cette femme, un secret semblable au pays des Zayane, les montagnes et les forêts de rouvres, la lumière dure dans ses yeux, la méchanceté de l'enfance interrompue.

Elle respire lentement, à côté de moi, dans l'alcôve. Je pense à ce qu'elle m'a fait. Je pense qu'elle errait sur les routes blanches de poussière, devant son ombre, et j'étais serrée contre sa hanche dans les plis de sa robe, je suçais le lait de sa poitrine. Je pense qu'elle m'a laissée dans la maison des Herschel, endormie dans le carton, et Amie m'a prise et m'a posée doucement dans le lit blanc qu'elle avait préparé à côté du sien, dans sa chambre. Je pense aux billets de banque roulés et liés par un élastique, qu'elle avait cachés dans les pans de sa robe serrée par une ceinture, entre ses seins. Je pense à la route vide devant elle, personne ne l'attendait, personne ne l'aimait. Le bateau qu'elle a pris pour Marseille, le pont inférieur chargé d'émigrants, et le voyage à travers ce pays inconnu, où personne ne parlait sa langue, où personne ne lui ressemblait. Je pense aux endroits où elle a vécu, à Marseille, en Allemagne, à Hambourg, le travail, l'eau qui fait gercer les mains, les ateliers où on se brûle les yeux. Peut-être qu'elle roulait déjà les billets de banque avec un élastique et qu'elle les cachait dans sa chambre, dans un carton à chaussures, comme elle fait encore maintenant? Je pense à ce qu'elle m'a fait, quand elle a osé m'emmener chez ce docteur Haven, et j'ai dû m'allonger sur cette civière, et les mains gantées de cette femme, et son drôle d'air quand elle posait ses sales questions, quand elle a dit: « Ça ne se voit pas. » J'ai un poids sur la poitrine. Je voudrais bien redevenir comme avant, à Nightingale, avec Lassie, et je courais dans la nuit froide, et j'entendais le bruit des insectes. J'étais libre, libre comme la mer, libre comme le vent. Je croyais que rien ne pouvait m'atteindre. Je croyais que je ne grandirais jamais, que je ne serais jamais une femme avec de gros seins qui bougent quand elle marche, et des jambes lourdes, une femme que les hommes regardent, avec toutes ces gaines, ces soutiens-gorge, ces rouges à lèvres et ces faux cils, ces poudres aux joues. Je voulais garder un corps lisse et dur, pouvoir courir, sauter, nager, pouvoir me cacher, disparaître. Je voulais avoir toujours un visage comme les enfants, avec un front comme un caillou lisse, des yeux qui n'ont pas de vide, qui n'ont pas l'air de regarder à travers les trous d'un masque.

C'est bizarre, les yeux. Ils sont comme des fenêtres, quand on voit à travers eux, c'est qu'ils sont vides. Les yeux que j'aime sont lisses et durs, ils sont pareils à des gouttes.

Je me souviens maintenant, cela me brûle, me fait mal au fond de moi, comme si quelque chose voulait changer, comme si quelqu'un voulait apparaître. Quand je suis venue vivre ici, à la Loge, avec ma mère, c'était le commencement de l'hiver, il y a six mois à peine, et ça fait comme si c'était il y a six ans. Une nuit, j'ai commencé à avoir mal au ventre. J'avais si mal que je repliais les jambes et que je mordais ma main pour ne pas gémir. Je ne voulais pas gémir, surtout, je ne voulais pas que ma mère m'entende, qu'elle vienne. Je ne comprenais pas ce qui était en train de m'arriver. Quelque chose changeait en moi, et le sang coulait, inondait mes cuisses, tachait les draps. Personne ne m'avait jamais rien dit. Amie ne parlait jamais des choses des femmes, elle disait qu'il y avait des choses que les enfants ne devaient pas savoir, il y avait des mots que les enfants ne devaient pas dire. Malgré la douleur, je me suis levée pour aller aux toilettes. Je voulais me laver, laver mes draps et ma chemise. Ma mère s'est réveillée, elle a vu le sang. J'avais honte. « Va-t'en, je suis malade. » J'avais une petite voix. Ma mère m'a aidée à me laver, elle m'a apporté des linges, une chemise propre. J'étais si fatiguée, si malade, je me suis assise sur mon lit, dans l'alcôve, les genoux contre le menton. Ma mère a fait chauffer de l'eau pour le thé, elle a jeté les feuilles de menthe amère. J'ai bu le thé brûlant, et ça m'a un peu calmée. « Alors, maintenant, tu sais ce que c'est une femme. » Ma mère me parlait doucement. Elle me caressait les cheveux, je sentais sa main chaude sur ma nuque. Jamais elle ne m'avait parlé comme cela. Elle me parlait de la lune qui règle les femmes, du sang qui coule pour que tout soit neuf dans leur corps, pour que les enfants puissent naître et grandir. Ça me faisait peur, je m'en souviens maintenant, ça me faisait peur et en même temps ça m'émerveillait. Il y avait quelque chose d'autre au fond de moi, j'étais devenue quelqu'un d'autre. Je pensais que si j'étais restée chez Monsieur et Madame Herschel, rien ne serait arrivé. J'écoutais ces histoires de lune et de sang, ces histoires d'enfants qui grandissent dans le ventre. Je ne voulais pas pleurer, pas gémir, je serrais mon front contre mes genoux. La lune, c'était celle de Mehdia, quand elle montait si belle dans le ciel de velours, et que les dunes et les épis de sorgho étincelaient. La lune n'avait pas besoin du sang des femmes.

Après, je suis tombée malade. Il y a eu cette histoire de billets tout neufs étalés sur la table de la cuisine, et le carton où j'étais posé sur le carrelage. Je ne pouvais plus supporter tout cela, ni cette chose qui voulait grandir au fond de moi, qui voulait que je change.

Quand le printemps est arrivé, c'était vraiment la première fois, parce que j'avais changé. J'étais quelqu'un d'autre.

Maintenant, je le sais bien. Je vais m'en aller. Je vais partir sur les routes de poussière, comme ma mère, quand elle avait suivi mon père et qu'elle avait quitté pour toujours le pays Zayane. Moi aussi, je vais marcher devant mon ombre. Maintenant que je le sais, mon cœur bat très fort, je sens des fourmillements dans les jambes. Comme autrefois. Je vais sortir, et dehors la nuit sera brillante. Il y aura une lune pleine, non pas la lune qui fait saigner les femmes, mais une lune libre et ronde, lisse comme le visage des enfants. Je vais courir contre le vent, je vais aller dans d'autres villes, peut-être jusqu'à Paris, jusqu'à Hambourg. Peut-être que je vais rencontrer l'homme qui sera mon mari, il me semble que je le vois marcher sur la route, grand et sombre comme mon père. Avec lui j'irai jusqu'au bout du monde. Je suis libre, je suis nouvelle. Je suis quelqu'un d'autre. Je ne peux plus attendre.

J'étais dans la rue. Je ne savais pas où j'allais. Comme dans un rêve, j'entendais le bruit de mes pas. J'entendais les moteurs des voitures. C'était ailleurs, c'était quelqu'un d'autre qui marchait. C'était peut-être à cause de ce qui avait changé en moi, ce qui était nouveau.

A huit heures du matin, déjà les voitures roulaient dans les ornières des rues et des boulevards. Les gens étaient pressés. Quand ma mère est partie pour l'atelier Atlas, j'ai voulu lui dire que je n'allais pas revenir, ni ce soir, ni jamais, que je n'étais plus allée au lycée depuis des mois, que je n'irais plus jamais au lycée, ni nulle part. Mais je n'ai pas osé. Je n'ai pas peur d'elle, mais on ne sait pas de quoi elle est capable. Elle pourrait m'enfermer à clef, comme elle avait dit une fois, à cause du fils de Madame Truchi. Alors je n'ai rien dit. J'ai mis la clef autour de mon cou, machinalement. Un drôle de collier. Un jour, Morgane a vu la cordelette autour de mon cou, elle l'a tirée : « Qu'est-ce que tu as là? Une amulette? » Quand elle l'a vue, ça l'a fait rire : « Ah non, une clef! Un truc de petite fille sage, une clef autour du cou, pour ne pas se perdre! »

Les arbres ont des feuillages serrés, d'un vert sombre. Les marronniers, les mûriers, les pittosporums. Il y a une odeur de pollen, les abeilles sont ivres, les moucherons dansent dans l'air du matin.

Il me semble que c'est la première fois que je suis dehors, depuis si longtemps. Il me semble que je suis enfin libre, après l'hiver. Comme si j'avais dormi. La lumière allume les choses. Jamais je n'avais vu comme ça les bâches bleues des camions, les plastiques jaunes, les lignes peintes sur la chaussée, les grilles des jardins, les vitres. Il y a des étincelles sur les chromes des autos, sur les poutrelles, sur les plaques de zinc des toits.

Je marche au hasard. Quand on est parti pour ne pas revenir, le moindre recoin a une importance nouvelle, chaque seconde qui passe, chaque visage. Je marche le long des coques des voitures. J'ai pris ma veste rouge, un pantalon de toile noire, et des sandales chinoises. La seule chose de valeur que j'emmène, ce sont des demi-lunes d'or. C'est ma mère qui me les a données, pour mon anniversaire. Elles appartenaient à sa mère, et avant elle à sa mère. Elles sont vraiment Zayane. Elles sont fines, légères comme des copeaux, avec un fil d'or pour passer dans les oreilles. Je les ai mises dans un mouchoir, dans la poche de mon pantalon, pour que ma mère ne les voie pas.

Je ne pouvais pas les laisser. Elles sont la seule chose qui soit vraiment à moi, qui m'a été donnée quand je suis née, qui est passée à travers toute mon histoire. Pas une chose qu'on m'a donnée ensuite, pas une chose prêtée. Une chose qui est venue d'avant moi, comme mon nom.

Il y a beaucoup de monde dans les rues, déjà. La lumière de l'été m'éblouit. Je suis allée dans les rues qui longent la mer, j'ai regardé les vitrines des magasins : les chaussures, les montres, les sacs, les tapis, les gâteaux. J'ai un peu d'argent. Des billets enroulés dans la poche de mon pantalon. Moi aussi, je roule les billets! Quand j'achète quelque chose, je sors le rouleau et je tire un billet. Les marchands n'aiment pas trop ça, ils examinent le billet en transparence, ils tirent dessus pour l'aplatir.

Ce n'est pas l'argent de ma mère. C'est de l'argent que j'ai gagné en baby-sitter, pour des gens que m'avait indiqués Morgane. Une femme blonde, une parfumeuse, qui s'appelle Ketty, et son fils de douze ans. Il s'appelle Martial. Il est horrible.

La parfumeuse me traitait comme une bonne. Elle faisait comme si elle ne se souvenait plus de mon nom : « Aria, donne un verre d'eau. Aria, le téléphone. » Mais ça m'était égal. C'est bien de gagner de l'argent. La parfumeuse habitait pas très loin de Monsieur et Madame Herschel, en haut de la colline, un grand appartement moderne avec vue sur la ville et la mer. Peut-être que je lui téléphonerai pour savoir si je peux venir travailler. Ça m'est égal qu'elle m'appelle Saba, Aria ou Zora, ou n'importe quoi.

Je suis allée au Café des Aveugles. Peut-être que je n'ai pas vraiment envie de rencontrer Morgane, mais c'est bien de s'asseoir à la terrasse, au soleil. J'ai mon sac Liberty, avec des affaires. C'est Morgane qui m'a donné le sac. Je lui avais dit mon petit nom, Libbie, celui qu'Amie m'avait trouvé, alors elle m'avait montré ce qui était écrit sur la fermeture à glissière, Liberty : « Tu vois, il était à toi. »

Le café est bien, il y a tout le temps des gens nouveaux. Le garçon est gentil, il s'appelle Raoul. C'est un grand type brun, avec une tonsure. Quand j'arrive, il vient tout de suite, il m'apporte un café noir. Je n'ai même pas besoin de demander. Dans mon sac Liberty, il y a une brosse à dents et du dentifrice (j'aime beaucoup me brosser les dents, je suis maniaque). Il y a aussi une brosse à cheveux et un peigne en plastique bleu, un tube de rouge à lèvres (je n'en mets jamais), du rouge à ongles vermillon (pour aller avec ma veste). Un T-shirt et des slips de rechange. Des lunettes noires. Un paquet de cigarettes américaines (mais je ne fume pas). Un briquet jetable. Un bloc de papier quadrillé, et au fond, en vrac, trois ou quatre Bic. Un livre en portugais que m'a prêté Morgane, *A Sibila*, d'Agustina Bessa Luis. Je voulais prendre un livre à moi, mais le seul que j'aie trouvé, c'est le Guide Bleu du Maroc de 1925. Il appartenait au Colonel, et quand je suis partie je l'ai emmené avec moi. J'aime bien le dessin sur la couverture, une locomotive et une vieille automobile, et au-dessous, écrit en lettres d'or : *Le Chemin de fer et la Route.*

Chaque fois que je me sens un peu perdue, je prends le Guide, je l'ouvre au hasard, et je lis les descriptions des villes, des monuments, les itinéraires. Je regarde les cartes, et c'est comme si je connaissais sans connaître, comme si j'y étais allée en rêve, dans une autre vie. Il y a aussi un livre que j'aurais aimé emporter, mais je n'ai pas osé. C'est une édition ancienne de *Sans famille*, qui appartenait à Madame Herschel. Je l'aime beaucoup. Je me souviens, elle me l'a donné, un jour, avant qu'on ne parte de Nightingale, parce qu'elle savait que je l'aimais tant. Je crois que jamais rien ne m'a fait autant plaisir, parce que c'était son livre, et qu'elle me le donnait avec tout ce qu'il contenait, ces images que j'avais regardées si souvent, Remi jouant de la harpe, Capi et le général Joli-Cœur, Vitalis et Remi marchant dans la neige au milieu de la forêt des loups, et les mots, surtout, la première phrase du livre qui me donnait le frisson : « Je suis un enfant trouvé. »

C'étaient ces mots qui résonnaient en moi, parce que je devais apprendre plus tard que j'étais moi aussi une enfant trouvée, et je frissonnais comme si j'avais deviné dans le livre ma propre histoire, et que Remi était mon frère.

J'ai attendu longtemps, au Café des Aveugles, mais Morgane n'est pas venue.

Alors j'ai recommencé à marcher. A midi, le monde se pressait sur le grand boulevard. Il y avait des lycéens. J'ai mis mes lunettes noires pour que personne ne me reconnaisse. Dans une encoignure de porte, un gitan jouait de la guitare et chantait en espagnol pour une toute petite fille qui l'écoutait en mangeant une sucette. C'était bien. Maintenant je n'étais plus anxieuse ni impatiente. J'avais en moi du bonheur. C'était peut-être le gitan et sa guitare, ou parce qu'il y avait un couple d'amoureux qui avançait sans voir personne, ou au contraire une vieille femme avec de drôles de chaussures de tennis qui traversait le boulevard sans se soucier des autos.

Je pensais que j'étais libre d'aller où je voulais. Je pouvais partir, ne jamais revenir. C'est une impression vraiment extraordinaire : rien ne peut vous retenir, vous partez et tout ça, cette ville, ces rues, ces gens n'existeront plus. Il y a d'autres villes, Bruxelles, ou Rome, ou Londres, par exemple. Il y a d'autres gens, d'autres yeux, d'autres paroles.

Je me souviens de mon arrivée ici, quand Monsieur et Madame Herschel ont quitté Mehdia, et que le *Commandant Quéré* est entré dans le port de Marseille. Je ne me souviens pas bien de ce qu'il y avait avant, Tanger, Oran. Je me rappelle seulement la ligne de la côte, cette bande grise dans l'aube, les cris des mouettes. Amie dormait encore dans la cabine, elle avait été malade toute la nuit. Je m'étais réveillée sur le pont, les vêtements mouillés par les embruns. Le Colonel était venu me rejoindre. Il était pâle, fatigué. J'ai pensé pour la première fois qu'il était vieux.

Nous avons regardé la côte grise, l'entrée du port, les

montagnes crayeuses. J'avais la gorge serrée, parce qu'on arrivait, je savais qu'il allait falloir trouver cette ville, ces gens, faire sa place. En même temps, j'avais comme de la fièvre, mon cœur battait vite, j'allais peut-être trouver un secret, un trésor.

Bon, je suis allée dans le fameux petit jardin adossé à la mer. J'aimais bien ce jardin. Il n'y a personne en général, seulement quelques vieux qui papotent au soleil. Je m'asseyais du côté de la haie de troènes, à l'abri du vent, là où j'étais venue la première fois, avec Green.

Green habite dans le grand immeuble blanc, de l'autre côté du jardin. De l'endroit où j'étais assise, je pouvais surveiller le balcon de son appartement, les fenêtres du living. Quelquefois Green descend dans le jardin, entre midi et deux, avec sa femme et son fils. Sa femme est grande et belle, avec une longue chevelure blonde et soyeuse qui brille au soleil. Elle a des vestes en fourrure, du renard, du loup, quelque chose comme ça, de moche. J'ai dit un jour à Green : « Comment peut-elle porter des peaux d'animaux ? » Il a haussé les épaules. Il s'en fiche. Il n'aime pas que je lui parle de sa femme. Quelquefois il vient dans le jardin tout seul, avec un bouquin. Il s'assoit sur un banc, il attend que je vienne lui parler. Sa femme vient le rejoindre, et je dois m'en aller. Son fils s'appelle Mickey. Il est joli, il a beaucoup de cheveux noirs très bouclés, des yeux qui rient tout le temps.

Je reste là, dans l'ombre des troènes, je les regarde.

Souvent il ne me voit même pas. Mais sa femme me reconnaît. Elle a un drôle de regard, rapide, méchant. Ça veut dire : « Je t'ai vue. » Je me lève, il faut que je m'en aille. Je marche comme si ça m'était bien égal, comme si je n'avais pas peur. Mais j'ai les jambes en coton et les oreilles qui bourdonnent. J'ai le cœur qui bat trop vite, mes pensées se bousculent. Je pense que je suis une idiote, que je n'ai que ce que je mérite. Je pense que c'est la dernière fois que je viens dans le jardin, que je ne reverrai plus jamais cet homme. Et puis, tout de suite après, je pense que je suis libre d'aller où je veux, de parler à qui je veux. Rien n'a vraiment d'importance. Ça me paraît dans le fond incroyable que cette femme soit jalouse, elle qui est si belle, qui a de si beaux cheveux.

Un jour, Green m'a emmenée sur sa moto, sur la grande route qui longe la mer. C'était encore un peu l'hiver, parce qu'il faisait froid, et les vagues roulaient sur les galets. On est restés tout l'après-midi sur la plage, à l'abri derrière les barques échouées. Puis on est allés dans un petit hôtel, juste devant la mer. C'était bizarre, c'était la première fois que j'allais dans une chambre d'hôtel avec quelqu'un. Ça n'avait pas l'air tout à fait vrai.

Toute la fin de l'après-midi, on est restés assis sur le lit, sans rien faire d'autre que parler. Il y avait le bruit de la mer qui entrait par la fenêtre. Green me parlait de ses voyages, à l'autre bout du monde, en Inde, en Indonésie. Il voulait être un grand reporter, aller dans les pays où il y a des choses terribles à révéler au monde, la guerre en Algérie, l'Indochine, l'esclavage des Indiens en Amérique du Sud. C'était ça qu'il voulait faire, et non pas les chiens écrasés. Il disait que je pourrais partir avec lui, on traverserait le Sahara. A un moment, il m'a regardée, il a dit : « Saba, tu es belle, je voudrais te peindre en liberté. » Je lui ai dit que ça tombait bien, c'était ce que voulait dire mon nom, Libbie. Je ne sais pas comment ça s'est fait, il a commencé à m'embrasser, sur le bras, puis sur la bouche. Peut-être qu'il savait ce qu'il faisait. Il avait l'air d'avoir une certaine habitude, pas comme Lucien. C'est bizarre, moi je ne savais pas que ça devait se passer comme ça, je n'y avais jamais pensé en venant avec lui dans cette chambre d'hôtel.

Vers le soir, il s'est endormi. Il restait étendu sur le dos, la tête appuyée contre moi. Il avait de la barbe qui avait poussé sur ses joues, il avait l'air fatigué. Je pensais à sa femme et à son fils qui devaient l'attendre, dans l'immeuble blanc, à côté du petit jardin. Je pensais qu'il allait inventer quelque chose pour expliquer son retard. Il parlerait de son travail, ou bien de sa moto qui était tombée en panne. Sa femme ne le croirait peut-être pas. De toute façon ça n'avait aucune importance.

J'avais un goût bizarre dans la bouche. Je me suis levée pour aller prendre une douche et me brosser les dents. Quand je me suis levée, il a poussé un drôle de cri, il s'est réveillé, il m'appelait : « Saba ? Saba ? Où es-tu ? » Je ne voulais pas répondre, il avait une voix trop aiguë, et puis je suis sortie de la salle de bains, je lui ai dit : « Qu'est-ce que tu as ? » Il s'est habillé à la hâte. Il a dit : « Il faut que je parte. » Je lui ai dit : « Reste encore cinq minutes. Après tu iras où tu voudras. » Je sentais la solitude. C'était bête, je savais exactement ce qui m'arrivait, et pourtant je ne pouvais rien y changer. Je ne voulais rien lui demander. Je ne voulais pas lui parler de sa femme, de son fils. On a fumé des cigarettes. Moi je faisais semblant, je n'avalais pas la fumée, ça m'écœurait. Il faisait comme s'il ne pensait à rien, mais je voyais bien qu'il attendait le moment de s'en aller. Je me suis habillée, moi aussi, à la hâte.

« Allez, on s'en va, maintenant. » Il essayait de m'embrasser. « Va-t'en, prépare-toi, il faut qu'on rentre maintenant. » Finalement on est partis en quelques secondes. On est passés devant la réception, sans même dire au revoir. La Terrot a eu quelques difficultés à démarrer, à cause du joint de culasse. Après, on est allés à toute vitesse sur la route. C'était la nuit.

Dans cette ville, entre midi et deux heures, les gens mangent. C'est bizarre comme ils mangent. Si on leur disait que midi est à deux heures, ils mangeraient entre deux et trois. Je marche dans les rues vides. Il n'y a personne, les autos sont rangées le long des trottoirs (et quelquefois sur les trottoirs). Il n'y a que quelques vieilles, quelques pigeons, deux ou trois paumés qui ont perdu l'heure. Je marche en chantonnant tout ce qui me passe par la tête, *One potato, two potatoes*, et la chanson de Gershwin, *Wadoo wadoo, Zimbanbaddledoo Zimbanbaddledoo, Bee Bee Bee Bee, Bee Bee Bee, Scatty wy, Scatty wy yeah!*

Comme je ne savais plus où aller, je suis allée au bord de la mer, sur la plage. Je me suis assise contre le mur de soutènement, à l'abri du vent, pour essayer de fumer encore une de ces fameuses cigarettes américaines. Je n'aime pas la fumée des cigarettes quand je suis enfermée. Ce que j'aime, c'est voir la fumée tourbillonner dans le vent, au soleil. Comme je n'ai pratiquement rien mangé depuis hier, la cigarette me fait tourner la tête. Quand je ferme les yeux, il me semble que la terre bascule en arrière et que l'horizon se redresse comme un mur. C'est une impression étrange, pas vraiment désagréable. J'aime bien penser à la mer comme à un mur, et à tout ce qui se trouve de l'autre côté.

Il y a quand même quelques gens qui marchent sur cette plage. Ils sont dégingandés, ils trébuchent sur les cailloux, ils ressemblent à de grands échassiers. Il y a aussi des pêcheurs immobiles, et des clochards qui dorment. Maintenant le bruit des autos a recommencé, il emplit de nouveau les rues. Les gens ont fini de manger. Au lycée, les enfants sont assis sur leurs chaises, ils écoutent parler les professeurs. Si on y pense, ça aussi c'est une chose bizarre, tous ces gens assis, partout. Assis pour écouter, pour manger, pour écrire, pour conduire les autos. Moi, ce que j'aime, à part marcher, c'est être couchée. Je pense que ma mère non plus ne devait pas aimer être assise. Elle marchait sur les routes de poussière, comme mon père, elle marchait devant son ombre, ou bien sur les routes, en Allemagne, en Hollande, ou dans les rues de Paris. Quand ma mère revient de l'atelier Atlas, elle se met dans l'alcôve, et elle se couche. Quand mon père a quitté ma mère, l'année de ma naissance, il a dû s'engager comme marin sur un chalutier qui voyageait le long de la côte d'Afrique, pour pêcher les homards en Mauritanie. Je suis sûre que c'est comme ça qu'il a débarqué un jour à Marseille, et qu'il est mort. Peut-être qu'il est tombé du haut d'un de ces immeubles vertigineux qui sont comme des falaises grises au bord des routes. Ou bien il a été poignardé sur la Canebière, pour une question d'argent, pour un mot, pour rien, et il est mort par terre pendant que les gens faisaient un détour.

C'est pour cela que j'ai voulu m'en aller, je crois, pour savoir qui était cet homme. Pour faire comme lui. J'ai dit à ma mère, sans crier, avec une voix dure, je lui ai dit : « Je ne veux plus qu'il vienne. » Elle m'a regardée. « Qui ? De qui tu parles ? » Elle savait ce que je voulais dire. J'ai dit : « Gianni.

L'Italien. S'il revient ici, c'est moi qui m'en irai. » Elle s'est mise en colère. Elle a crié, avec son drôle d'accent d'Afrique qui déforme tout : « Si tu continues, je te ferai enfermer. Je te mettrai en maison de correction. »

Mais le soir, quand je suis revenue, et que j'ai tourné la clef dans la serrure, j'ai compris que Gianni ne reviendrait pas. Dans l'appartement, il n'y avait plus ses affaires, la petite valise avec son imprimé pied-de-poule, et son poste de radio à transistors et antenne avait disparu aussi. Ça m'a fait un drôle d'effet. C'était la première fois que ma mère faisait quelque chose pour moi.

Quand elle est arrivée, j'avais préparé à manger. J'ai été gentille avec elle, je l'ai embrassée, j'ai versé de l'eau dans son verre. Je parlais avec elle, gaiement, comme si nous étions de vieilles amies. Je lui posais des questions, je lui racontais ma journée, les copines de classe, les bêtises qu'elles disaient. Je lui ai dit que j'avais trouvé cette personne qui avait besoin de moi pour garder son fils en fin de semaine, une parfumeuse avec un drôle d'accent, Morgane dit qu'elle est libanaise. Mais je ne lui ai pas parlé de Morgane. Je sais qu'elle ne l'aimerait pas. Elle ne voudrait pas qu'on se voie.

Ce que je voulais, c'était lui poser des questions, sur mon père. Qu'elle me parle de lui, comment il s'appelait, comment elle l'a connu, comment elle est partie avec lui. Elle avait seize ans, et tout de suite j'ai été dans son ventre. Quand je suis née, il est parti. Il n'a rien dit, il n'a pas écrit, il n'a pas envoyé d'argent. Puis il est mort.

Je suis retournée dans le petit jardin qui tourne le dos à la mer. Naturellement, Green n'y est pas. Il travaille à son journal, il fait des reportages. Les nuages passent devant le soleil, il fait froid, et je me sens très seule. Je pense que si je mourais, ou si je partais pour la Belgique, il n'y aurait rien de changé pour les autres. Le Colonel continuerait à remuer ses souvenirs dans la grande chambre de la maison aux acanthes, Amie continuerait sa vie dans la chambre de la clinique, à côté de la vieille dame sourde. Ma mère dormirait dans l'alcôve, chaque nuit, après son travail aux ateliers Atlas. Elle mettrait toujours la vieille bouilloire cabossée sur le camping-gaz, pour préparer son thé amer. Peut-être que Gianni recommencerait à venir, il ramènerait sa petite valise pied-de-poule et son fameux poste de radio à antenne, pour écouter les ondes du monde entier, le matin, à l'heure du café.

Rien ne bougerait, rien ne changerait. Même Semmana continuerait sa vie dans le petit appartement obscur du premier, sans jamais voir le soleil, douce et résignée comme une tourterelle en cage. Peut-être qu'elle serait la seule qui penserait à moi quand je n'y serais plus. Je me souviens comme elle me parlait, rien qu'avec son regard, quand j'étais malade. J'ai très envie de la voir, de monter l'escalier et de frapper à sa porte, pour voir son visage encore une fois.

Mais je ne suis plus seule tout à coup. A côté de moi, sur le banc, il y a un homme d'un certain âge, avec des cheveux gris. Il n'a pas la peau très nette, plutôt fripée comme du vieux papier, et ses habits sont chiffonnés aussi. Il a posé son journal sur le banc, à côté de moi. J'ai vu les titres : *Mitsouko, la belle Eurasienne* et *L'Homme a vaincu l'espace!* Je veux penser à autre chose. J'essaie d'écrire une lettre. Dans mon sac Liberty j'ai pris le cahier de littérature de Mademoiselle Risso, et j'ai arraché une double feuille. A qui vais-je écrire? Au début, j'ai cru que j'allais écrire à Morgane, et puis au bout d'un instant, c'était plutôt à Green. J'ai même mis, quelque part : « voyez-vous, cher Monsieur... » Maintenant, je ne sais plus. D'ailleurs, j'ai bien trop froid pour écrire. Ça doit être parce que je n'ai rien pris depuis hier, juste un café noir ce matin. Et puis, il devient difficile de se concentrer avec cet étrange bonhomme à côté de moi, qui s'agite et toussote sans arrêt.

Il a poussé son journal, et maintenant il est assis tout près, je sens sa jambe qui touche la mienne, et son odeur, pas très nette non plus. Je le regarde avec étonnement, et lui penche un peu sa figure vers moi, il a de drôles d'yeux vides et tristes comme ceux d'un chien. Il dit quelque chose, j'ai du mal à comprendre. Je dis : « Quoi? Qu'est-ce que vous dites? »

J'entends sa voix qui dit assez bas, avec un ton de blague qui ne va pas avec ses yeux :

« On pourrait faire un ballet, un petit ballet à quatre yeux. » Il prononce : « Quatre-z-yeux. »

Bon, je hausse les épaules et je m'en vais sans rien dire. J'entends sa voix qui crie des noms, une voix aigre, désagréable, méchante :

« Mireille! Carmen! Pamela! »

Il devait vraiment se demander de quel pays j'étais!

J'ai acheté un journal au kiosque, je suis entrée dans un bar du bord de mer, pour me réchauffer. C'est calme et luxueux, comme le restaurant où j'étais allée avec Green. Il y a des banquettes en moleskine grenat, des tables en marbre. Il y a une musique de somnambules. Ce n'est pas mal.

J'ai acheté le journal pour les annonces de boulots. Très vite je vois qu'il n'y a rien pour moi. Rien que des dactylos et des secrétaires bilingues. Je suis bilingue, mais sans illusions. Il y a aussi les annonces bidon, belle j.f. pour défilés mode, plastique impec., ou peintre réputé cherche modèle f. pour poser nue.

Peut-être que je pourrais retourner travailler à garder

Martial, le fils de la parfumeuse. Il n'est pas très méchant. Il est petit et maigre, avec une tignasse rousse emmêlée et des taches de rousseur sur la figure et sur tout le corps. Il a un nez mince et effilé. Il a de beaux yeux jaunes, cernés. Je crois que c'est parce qu'il se masturbe tout le temps. Sous son lit, il a une collection de revues porno, même des américaines et des allemandes. Il m'a dit qu'il a commencé l'allemand en sixième. C'est une belle langue, il me lisait en déclamant ce qui était écrit à côté des photos porno. Ça, c'était quand même drôle, et on terminait par des fous rires.

Quand sa mère arrivait, il entendait le bruit de la voiture dans la rue, et il cachait toutes les revues sous son lit. « Pourquoi tu ne lis pas autre chose? » Je lui ai posé la question.

Quelquefois, il était vraiment horrible. Après le dîner, quand sa mère était sortie pour aller au cinéma avec son petit ami, Martial mettait les doigts dans sa bouche pour vomir tout ce qu'il avait mangé. Je ne sais pas pourquoi il faisait cela. Après, il était tout pâle et malade, il s'allongeait sur le divan et il geignait. Il ne voulait pas parler. Il m'a dit qu'il avait appris à se faire vomir quand il était tout petit, son père habitait encore avec sa mère.

La parfumeuse ne parlait jamais de cela. Pourtant elle le savait sûrement. Martial m'a dit qu'il l'avait fait devant elle. Peut-être qu'il voulait seulement qu'on s'occupe un peu de lui. Peut-être qu'il voulait avoir l'air horrible. Après, il était pâle comme un mort, avec un drôle de regard terne et brouillé. Je crois que je n'aurai pas le courage de retourner là-bas.

Morgane habite un grand appartement, dans un immeuble moderne d'où on voit la mer partout devant soi, comme si on était au sommet d'une falaise. C'est la première fois que je viens chez elle. Jusqu'à présent, on se voyait au Café des Aveugles, ou bien dans la rue. Je me demandais comment ça se faisait qu'on se rencontre si souvent au hasard, dans les rues de la vieille ville. Je sortais de la Loge, je prenais la rue Rossetti, j'allais jusqu'à la fontaine où se réunissent les clochards, puis à gauche jusqu'à la petite place que j'aime bien, où il y a cette fontaine qui fait sa musique, et Morgane était là, assise sur le rebord de pierre, en train de fumer une cigarette comme si elle n'attendait personne.

J'étais si fatiguée, je ne savais plus où aller. J'ai téléphoné à Morgane. J'avais son numéro, elle l'avait écrit sur la première page d'un livre qu'elle m'avait prêté, elle disait qu'elle n'avait jamais lu un livre aussi beau, *A Sibila* d'Agustina Bessa Luis. Au téléphone, elle avait une drôle de voix un peu étouffée, un peu filtrée, elle a dit : « Viens tout de suite, ma chérie, ou plutôt, non, reste où tu es, je viens te chercher. » Je l'ai attendue près de la cabine téléphonique, le long du mur qui borde le petit jardin de Green. Les autos roulaient devant moi, ça faisait un bruit de rivière en crue, un bruit de mer en tempête. Je fermais les yeux. Il y avait des autos qui ralentissaient, ils devaient croire que j'étais une prostituée, ils m'appelaient, ils disaient des noms : « Mireille! Carmen! » ou bien : « Fatima! » Ou peut-être comme l'autre type à cheveux gris : « Un petit ballet à quatre-z-yeux! »

Je ne sais pas pourquoi, je croyais que Green allait arriver, avec sa moto, au bon moment. Il passerait justement par là, il soulèverait son casque, il sourirait, comme lorsqu'il venait m'attendre à la sortie du lycée.

Morgane est arrivée dans son taxi. Elle ne veut pas conduire, elle dit qu'il faut passer un examen, elle ne veut plus d'examens. Elle va à pied, ou en taxi. Je suis montée dans le taxi, elle m'a embrassée. « Mais qu'est-ce qui t'arrive, ma Libbie? Dans quel état tu es, je parie que tu n'as rien mangé depuis des jours, tu es prête à tomber. Tu aurais dû, il fallait m'appeler, venir, tu sais bien que je ne sors presque pas, il y a tout le temps quelqu'un, Sacha, ou Mina, il fallait venir tout de suite, pas errer dans les rues, tu ne te rends pas compte. »

Elle parle vite et beaucoup, et moi j'ai la tête renversée en arrière sur le dossier, j'ai l'impression que je suis en train de tomber. C'est vrai, je me rends compte maintenant que j'étais sur le point de m'écrouler, encore quelques minutes, quelques pas dans la rue et je serais tombée par terre.

« Je ne voulais pas... Je croyais... » Je bafouille.

« Tu ne voulais pas quoi, me déranger? Tu ne te rends pas compte, arrête ton cinéma, je t'en prie, tes foutues politesses. Me déranger, toi! »

Elle m'a installée dans une petite chambre rose, à l'arrière, sur la cour. « Là tu seras tranquille. C'est mon bureau, si tu vois ce que je veux dire. Le matelas par terre est bon, moi je dormirai dans le living. Sacha habite l'autre moitié, tu le verras si ça te chante. Tu ne gêneras personne. Et personne ne te gênera. »

Elle est sortie faire des courses. Je me suis allongée sur le matelas, et j'ai dormi.

Quand je me suis réveillée, il était tard. J'ai marché pieds nus jusqu'aux toilettes. Morgane était dans le living, comme si elle m'attendait. Par la grande baie vitrée, j'ai vu le soleil en train de se coucher. La mer était déjà toute grise, laide. Mais le ciel était d'un jaune magnifique.

Morgane m'a fait asseoir. Il n'y avait pas de sièges dans la grande pièce, seulement des coussins partout, de toutes les couleurs. Morgane a allumé un bâton d'encens.

« Tu as faim? J'ai préparé des pâtes fraîches. »

Un jour, on avait mangé ensemble, dans un petit bistro italien, j'avais goûté à toutes les pâtes. Il y avait un plat dont le nom m'avait fait rire, ça s'appelait *mierda de can.*

J'aimais bien être ici. On était suspendu, entre ciel et mer, on n'était nulle part. Il y avait une musique un peu monotone qui venait d'un haut-parleur caché, comme chez le dentiste. C'était doux et triste, ça montait et ça descendait avec un bruissement de tambours. C'était turc, ou persan, je ne sais plus.

Après, on a mangé les pâtes dans des bols. Sacha, le mari de Morgane, est venu. Je ne l'avais jamais vu. J'ai été un peu étonnée, parce qu'il était vieux, l'air malade. Il soufflait fort. Il avait un front très haut, dégarni, qui brillait. Il avait dû être grand et fort, et maintenant il était lourd, maladroit, voûté. Mais il avait des yeux bleu acier très froids. Il posait son regard sur vous, et ça faisait une impression de distance, de méchanceté indifférente. J'ai pensé tout de suite qu'il haïssait Morgane, qu'il me haïssait aussi.

Il n'a pas voulu manger. Il m'a regardée, et il a dit à Morgane :

« Alors, c'est elle? Elle est très jolie. »

Je me souviens que j'ai rougi, je ne sais pas pourquoi. Comme si j'étais quelque chose que Morgane avait trouvé dans la rue, ou dans un bar, au hasard.

Morgane l'a rembarré : « Écoute, tu ne vas pas commencer, laisse-la tranquille. » Mais lui continuait à me regarder avec ses yeux méchants, il répétait :

« Elle est très jolie, très jolie... »

Après tout, il était peintre. Il ne faisait pas de portraits, seulement des sortes de taches géométriques dans des couleurs plus froides que ses yeux, gris, bleu, vert, blanc.

On a mangé les pâtes, et Sacha buvait du whisky dans un grand verre où il ajoutait de temps en temps un peu d'eau Perrier. Après, il est allé se coucher. Avec Morgane, on est restées seules dans le living, à parler et parler. Je n'avais jamais parlé comme ça. Même avec Green, quand on était dans l'hôtel, et qu'on avait parlé sur le lit, ça n'était pas comme ça.

Avec Morgane, on glissait doucement, on allait de tous les côtés. On fumait, on écoutait de la musique. Elle a mis un disque de Mozart, puis un de Debussy, un de Beethoven, et *Carmina Burana*. Je buvais du whisky, c'était amer, ça faisait tourner la tête. De temps en temps, Morgane se levait, elle allait jusqu'à la grande vitre, elle regardait la nuit. Elle m'a prise par la main, elle m'a fait voir la nuit, la mer disparue, le vide, les étoiles des réverbères et les feux des autos sur des routes obliques. J'ai voulu ouvrir la fenêtre, mais la baie était verrouillée. Morgane a dit : « C'est à cause de Sacha. Quelquefois, la nuit, il se lève, il veut passer par la fenêtre. » Elle aussi, elle avait peur du vide. Elle s'approchait de la glace avec précaution, elle la touchait du bout des doigts avant de regarder.

C'était si bien. Je ne pensais plus à ma mère, ni à Monsieur Herschel, ni à Amie, ou si je pensais à eux, c'était comme je voulais faire, comme j'ai dit. Partir, dix, quinze ans, et quand je reviens, tout a changé, tout le monde m'a oubliée.

Ensuite, j'ai eu froid, je crois. Il y avait comme une brume dans la grande pièce. C'était peut-être à cause de la fumée des cigarettes. J'étais si fatiguée. Pendant que Morgane parlait, je me suis endormie. Les lumières étaient toutes grises. J'étais allongée sur les coussins, la tête appuyée contre mon bras, et Morgane était à côté de moi. Elle ne parlait plus à ce moment-là, je m'en souviens, et le dernier disque s'était arrêté. Il n'y avait que le bruit de la mer, comme une respiration, le bruit des pneus des voitures.

Il pleuvait. Morgane s'est penchée sur moi, je sentais son souffle sur mon visage. Sa main défaisait les boutons de ma chemise, je sentais ses doigts sur ma peau, curieusement ils étaient durs, noueux, on aurait dit des bouts de bois. C'était curieux, cette main qui touchait ma poitrine, le souffle chaud sur mon visage, mais je ne pouvais pas voir ses yeux, ni sa bouche, je voyais seulement son ombre, ses cheveux qui faisaient deux grandes ailes rouges de chaque côté de sa tête. Il y a eu un moment où je trouvais ça bien, puis il y a eu un moment où je n'ai plus supporté. Je me suis mise debout, j'ai rattaché maladroitement les boutons de ma chemise. J'ai dit : « Il faut que je parte d'ici. » Morgane a dit : « Non, écoute, il est tard, il pleut, tu ne peux pas t'en aller, reste. » Elle avait une voix enrouée. J'ai dit : « Non, il faut que je parte tout de suite. » Je cherchais autour de moi mes affaires, mon sac Liberty. Je ne savais plus où j'étais. Morgane a dit : « Écoute, reste dormir, tu partiras demain. Il est trop tard, où est-ce que tu vas aller maintenant? » J'étais si fatiguée, je ne savais même plus où j'avais mis mon sac de plage. Je suis allée laver mon visage à l'eau très chaude, puis je me suis couchée dans la petite chambre, sur le matelas à même le sol. Morgane a dit : « Je vais dormir sur les coussins dans le living, si tu as besoin de quelque chose. » Elle n'a pas fermé tout à fait la porte, et dans le noir, j'ai surveillé le rai de lumière tant que j'ai pu garder les yeux ouverts.

Je suis allée au Café des Noctambules. Je ne veux plus retourner au Café des Aveugles, je n'irai plus jamais. C'est curieux, j'ai l'impression qu'il s'est passé des mois et des années, que j'ai vieilli et que tout a changé, que plus rien n'est comme avant, comme je voulais faire, comme j'ai dit. J'ai l'impression que je suis plus près de quelque chose, mais je ne sais pas de quoi. Peut-être que je ne vois plus comme avant. Ou alors, peut-être que je suis très fatiguée, comme après un long voyage.

J'ai voulu écrire encore une lettre. J'ai pris le fameux cahier de littérature, là où Mademoiselle Risso voulait qu'on écrive nos « cristaux » – elle raconte toujours la même histoire, les mines de sel de Salzbourg, les rameaux qui s'étaient changés en cristaux, et Stendhal. Il n'y en avait qu'un, je l'avais recopié dans un livre du Colonel, ça disait : « *Le temps est un enfant qui joue au trictrac* (Héraclite). » J'ai arraché encore une double feuille, au centre. J'ai commencé à écrire :

« Cher Monsieur. »

Mais j'avais beau regarder la page, je n'arrivais pas à commencer ma lettre. J'ai pensé que peut-être je n'avais rien à dire, rien qui me donne envie de le dire, à lui, ni à personne, surtout pas à lui.

Après cet après-midi dans l'hôtel, avec Green, je ne m'étais pas sentie différente. C'était comme s'il ne s'était rien passé. Pourtant, si j'avais été voir le docteur Haven, elle n'aurait pas pu dire en ricanant comme l'autre fois : « Ça ne se voit pas. » Après, je n'avais plus été vierge, et il y avait eu un peu cette souffrance et ce sang qui avait taché le drap, quand j'avais été ouverte, et normalement j'aurais dû être quelqu'un d'autre. J'aurais dû me sentir une femme, avec un corps et des seins de femme, des pensées nouvelles. Mais je n'y avais même pas pensé. Simplement, quand j'étais retournée à la Loge, j'avais senti une grande solitude. Ma mère ne savait pas. Elle avait dîné très tôt et elle s'était couchée dans l'alcôve. Quand j'étais rentrée, elle n'avait rien dit.

Je pensais que j'étais comme elle, maintenant, je pouvais avoir moi aussi un enfant caché dans mon ventre, et partir pour un autre monde. Ou bien traverser la mer, jusqu'à Mehdia, aller dans les dunes, jusqu'à Nightingale, au milieu des champs de sorgho et de haricots.

Après, Green n'était pas revenu, ni le lendemain, ni le jour suivant. Je suis allée dans le petit jardin qui tourne le dos à la mer, et là je l'ai vu. Il était avec sa femme et son petit garçon Mickey. Il y avait aussi son chien Tobie. Quelquefois je ne me souvenais plus si c'était le chien qui s'appelait Mickey et le garçon Tobie. Green riait, il jouait avec le petit garçon, il ne voyait rien d'autre. Sa femme avait de belles lunettes de soleil cinéma, de beaux cheveux blonds. J'étais à moitié cachée derrière une charmeraie, je les regardais qui riaient et s'amusaient. Le petit garçon était assis par terre dans l'allée, il jouait à lancer en l'air une petite auto. C'est pour cela que j'avais écrit sur le cahier de littérature la phrase d'Héraclite. C'était il y a deux mille cinq cents ans, c'était maintenant.

Puis un jour, j'avais téléphoné chez lui, comme ça, sans réfléchir. Il m'a dit, très vite, comme si je le dérangeais : « Rappelle demain matin, à neuf heures. » J'ai rappelé n'importe quand, surtout pas à neuf heures. « Allô? Allô? » C'est drôle, une voix qui dit allô? dans le vide. C'était la voix de sa femme. Elle avait une voix désagréable, un peu trop aiguë.

Après, je ne suis plus retournée au lycée, parce que je ne voulais plus voir les visages des autres, ni les professeurs. Je ne sais pas s'il est allé m'attendre, avec sa moto. Peut-être qu'il a parlé à quelqu'un d'autre. Peut-être qu'il a recommencé avec Marie-Louise. Mais moi je vois bien que je ne pourrai plus écrire une lettre.

À midi, je suis entrée dans la vieille ville. Déjà j'avais un peu oublié. Je ne faisais pas semblant. Vous êtes ailleurs quelques jours, une nuit, rien du tout, et voilà, les choses ne sont plus pareilles, il y a une tache, un volet, une moto accrochée à un arceau, un vieux assis dans l'encoignure d'une porte.

Il y avait du soleil. Déjà l'été. Les cris stridents des martinets, les bruits de voix dans les cuisines, les tintements de la vaisselle. Les cris des enfants dans les cours des immeubles. J'ai suivi le même chemin, sans m'en rendre compte, rue de la Poissonnerie, rue Place-Vieille, la fontaine, rue Centrale, l'autre fontaine que je n'aime pas, avec toujours plus ou moins de mégots dans le bassin. Rue Droite, rue de la Loge. Je suis montée jusqu'au couvent. J'aurais bien voulu voir le vieux curé, l'abbé Giaume avec sa soutane usée. Quand il sortait dans la rue, il y avait toujours des grappes d'enfants qui le suivaient, qui couraient autour de lui, qui le tiraient par les pans de sa soutane. Il riait. Il avait toujours des bonbons dans les poches, il les lançait aux enfants. Il y en avait un qu'il aimait particulièrement, un garçon trop gros, les autres l'appelaient Gros-Tas. Son vrai nom c'était Béchir. Je crois qu'il était un peu simplet, comme l'abbé Giaume.

Je suis redescendue jusqu'à la maison. Les fenêtres du sixième étaient comme toujours, avec le grillage et les persiennes fermées. Plus loin, j'ai vu le Bébé Peugeot de Lucien, accroché au poteau d'interdiction de stationner. C'était toujours le même antivol bleu à chiffres, qui s'ouvrait quand on faisait 3771. Il ne m'a jamais expliqué pourquoi il avait choisi ces chiffres-là.

J'ai monté l'escalier d'ardoise. Au début, je ne savais pas trop ce que j'allais faire. Quand je suis arrivée sur le palier du premier, j'ai eu envie de voir Semmana. Je l'entendais à travers la porte, elle chantonnait en faisant la cuisine. Il y avait une bonne odeur de pommes de terre et de viande, une odeur de douez. Semmana n'a pas son égale pour préparer le douez. Même ma mère ne sait pas le faire aussi bien. Ça me donnait le vertige, parce que je n'avais rien mangé depuis la veille, depuis les pâtes fraîches à la tomate de Morgane. Je suis restée appuyée au chambranle de la porte, à écouter les bruits de Semmana, sa voix qui chantonnait, à respirer l'odeur qui me faisait défaillir. Et puis, je ne sais pas si elle m'a entendue, ou si elle a deviné que j'étais derrière la porte, elle est venue ouvrir. Elle m'a regardée. Elle avait un foulard blanc noué autour des cheveux, parce qu'elle venait de les teindre au henné. Il y avait encore des gouttes rouges qui coulaient sur ses tempes. Elle a dit simplement : « Entre. »

Je suis entrée dans la petite pièce sombre où elle faisait la cuisine. Il y avait juste la place pour une chaise. Semmana m'a fait asseoir, et elle est retournée devant le fourneau.

« Il doit rentrer ? »

Elle a compris ce que je voulais dire.

« Non, pas maintenant. Tout à l'heure. Ce soir, il va rentrer. »

Elle savait que je n'aimais pas son mari. C'était un homme brutal, un ivrogne. Ma mère disait qu'il la battait tous les soirs.

« Ça sent bon. C'est pour lui? »

Semmana a ri.

« Pour lui, oui, pour moi, pour toi. C'est pour toi. Tu as faim? »

Elle parlait avec son drôle d'accent kabyle, elle confondait les consonnes, elle mélangeait des mots dans sa langue. Elle avait un si beau visage, avec des pommettes très hautes, une bouche souriante, l'arc parfait de ses sourcils, et ce nez légèrement aquilin, fin, racé. Elle avait des yeux couleur d'ambre, couleur de cuivre vert. J'aurais aimé être comme elle, j'aurais aimé qu'elle soit ma mère. Moi, j'étais comme un fruit sec et brûlé. J'aimais la couleur de sa peau, douce, dorée comme le miel. Je lui ai dit, quel dommage qu'elle ne soit pas ma mère. Elle n'a pas eu l'air étonnée. Au contraire, elle m'a regardée avec cet air de gentillesse un peu moqueuse que j'aimais bien, et elle a dit : « Ça va, ça va, ma fille. » Elle a dit cela, *benti*, ma fille. C'était bien.

On a commencé à manger, dans la même pièce. Elle a mis une caisse debout devant la petite table, en guise de chaise pour elle. J'avais l'impression que ça faisait des mois que je n'avais pas mangé. En mangeant, on parlait de choses et d'autres, comme si c'était un jour ordinaire, comme s'il ne s'était rien passé. Semmana hochait la tête de temps en temps, elle disait : « Ça va, ma fille, ça va. » C'était bien. C'était paisible. J'avais l'impression que ça faisait des années que je n'avais pas connu cette tranquillité. J'aurais aimé tout oublier, et qu'il ne reste personne d'autre qu'elle et moi, dans ce petit appartement gris sans fenêtre sur le jour, avec les bruits qui résonnaient dans la cour étroite, les radios, les voix des enfants, des femmes. On n'a pas parlé de moi, ni de ma mère. Seulement, à un moment, je lui ai dit, j'avais la gorge serrée parce que le temps passait, que son mari allait revenir et que je devais m'en aller. Je lui ai dit : « Tu sais, Semmana, je ne voudrais pas aller dans une maison de correction. »

Je croyais qu'elle ne comprendrait pas. Mais elle s'est penchée vers moi, elle m'a embrassée sur le front, elle m'a dit : « Tu es ma fille, à moi aussi. » Elle n'a pas dit ça comme ça, elle l'a dit en arabe, et c'était bien plus doux et plus fort, comme un serment. J'ai senti mes yeux se remplir de larmes. J'ai compris tout d'un coup pourquoi j'étais revenue jusqu'à la Loge, pourquoi j'avais monté l'escalier étroit jusqu'à sa porte. J'ai compris que c'était elle, elle était au centre de cette ville, son cœur et son âme, tout était en elle, ici dans ce petit appartement sans lumière, c'était elle la reine de ce monde. Sans elle, peut-être que rien ne resterait. Sans elle, les pauvres abandonneraient leurs maisons, laisseraient les enfants au coin des rues. Sans elle, il ne pourrait pas y avoir de paix ni de douceur, seulement la pauvreté et l'envie qui rongent, les crimes de sang, les filles qu'on emmène en voiture pour les vendre, les hommes ivres dans les cantines, les clodos, les éthéromanes dans les escaliers, avec leurs flacons et leurs tampons.

Je me suis levée, j'ai mis mon assiette dans l'évier. Je n'avais que quelques pas à faire pour aller jusqu'à la porte. J'ai embrassé Semmana, encore, j'ai pris de la lumière de ses yeux. Puis je suis montée en haut de l'immeuble, jusqu'au sixième, j'ai pris la clef que j'avais toujours autour du cou, je l'ai tournée lentement dans la serrure.

L'appartement était exactement comme je l'avais laissé, ç'aurait pu être il y a quelques heures à peine, avec les persiennes tirées, l'alcôve avec le divan et ses coussins, la table de formica et les deux chaises devant la fenêtre. J'ai marché à travers la pièce, jusqu'à la commode avec le réveil-matin, les deux serre-livres en coquillages, et la boîte à gâteaux dans laquelle il y a tous les papiers, dans laquelle ma mère avait rangé l'avis de décès de mon père. J'ai eu envie de laisser un mot quelque part, mais à quoi bon? Elle ne sait pas lire, et de toute façon ça aurait fait un peu cinéma.

Je me suis allongée sur le divan, dans l'alcôve. L'après-midi, c'était bien pour dormir ou pour rêver. On garde les yeux ouverts et on voit le reflet de la fenêtre sur le plafond. Quand il y a du soleil dans la rue, on voit marcher les gens à l'envers. Quelquefois une auto, ou une benne, un cyclomoteur. Il n'y a pas beaucoup de bruit, seulement des bruits lointains, assourdis, comme dans des tuyaux.

J'étais très fatiguée. J'avais envie de dormir. Un peu avant le soir, je suis repartie. J'ai laissé mon sac de plage Liberty à côté de la table. Finalement c'était mieux que d'écrire un mot.

Avec l'argent qui me restait, j'ai pris un taxi jusqu'à la clinique où était Amie. C'est vraiment une belle clinique, au milieu d'un jardin. Il y a un bassin où nagent des poissons rouges un peu décolorés. On voit toute la ville, couverte d'une brume laiteuse, les collines sombres qui ressemblent à des îles. Il y a un grand bruit qui monte de tout ça, qui fait peur, un bruit qui ressemble à des voix parlant toutes ensemble. J'étais assise sur un banc de pierre, devant le mur de la clinique, avec Amie qui était quelque part dans une salle. Je pensais à Mehdia, à l'embouchure du grand fleuve. Je pensais aux champs de sorgho, et à Nightingale, la maison devant la forêt de chênes-lièges. Je pensais à cela comme si ça n'existait pas vraiment, comme si je l'avais lu dans le fameux *Guide du Chemin de fer et de la Route.* Comme si quelqu'un me l'avait raconté.

Un jour, ma mère m'a parlé des Zayane. Elle m'a parlé du grand Moha ou Hammou, qui était venu pour reconquérir les terres de Khénifra, avec toutes les tribus des montagnes. Elle m'a raconté la grande ville qu'il avait faite, avec les palais, les musiciens et les danseurs, les gens qui venaient travailler de toutes les parties du monde. Quand elle racontait cela, c'était comme une histoire de djinns et de mages. Alors tous les guerriers de la montagne s'étaient réunis, les Aït Affi, les Aït Abdi, les Aït Ziddouh, les Aït Raho. Ils avaient entouré le Siyed, le Zayane. Les Français avaient dû s'enfuir au loin, vers la côte. Elle racontait cela comme une légende, la grande ville berbère, où on ne parlait plus l'arabe ni le français, la ville où les brigands devenaient des saints. Elle disait cela, elle disait le nom du grand Moha ou Hammou, parce que c'était le nom brûlant d'où nous étions nées.

« Pourquoi ne sommes-nous plus là-bas, dans cette ville ? » J'avais le cœur qui battait plus fort, je m'en souviens, parce que je croyais que je connaissais enfin le secret de ma naissance. Ma mère n'a pas répondu. Elle a dit seulement : « Maintenant, nous n'avons plus de terre, nous devons errer sur les routes, Dieu l'a voulu. »

Elle et mon père étaient partis de cette ville, comme tous les Zayane, comme tous les vaincus. Les soldats étrangers étaient revenus, ils avaient conquis la grande ville fortifiée, les routes, les ponts, les champs de blé et les forêts de chênes-lièges, ils avaient pris les fleuves jusqu'à leurs sources. Comme des guerriers aveugles les Zayane erraient sur les routes.

Plus tard, je suis entrée dans la chambre où était Amie. Elle était toujours à la même place, comme si elle n'avait pas vécu. Seulement, elle était plus pâle, elle tenait les yeux fermés. J'ai cru qu'elle dormait. Je me suis assise à côté d'elle, sur la chaise chromée, je l'ai regardée. A un moment, dans son souffle elle a dit quelque chose. Ses lèvres ont bougé, mais je n'ai pas compris ce qu'elle murmurait. Ses paupières se sont soulevées, et j'ai vu la goutte de vie accrochée dans ses yeux. J'ai pris sa main, si légère, si maigre, je l'ai serrée longuement, pour faire passer un peu de chaleur. Peut-être qu'elle ne m'a pas reconnue. Peut-être qu'elle a cru que c'était son mari.

J'avais envie de lui parler, qu'elle m'entende, qu'elle se souvienne. Je croyais que si elle se souvenait, elle pourrait revenir dans notre monde. Je lui ai dit : « Nightingale... Nightingale. » J'ai dit aussi : « La maison... Les champs, les vignes, la forêt... Tu te souviens ? La cabane, au bout du jardin... Je m'étais cachée, tu criais mon nom : Libbie! Libbie!... Ta voix résonnait loin dans les champs, ça faisait fuir les oiseaux, et Hassan, le fils du contremaître, criait lui aussi, en imitant ta voix aiguë. Tu te souviens ? » Je parlais doucement, j'avais une voix monotone, comme si je récitais un texte par cœur.

Dehors, la lumière déclinait. Il n'y avait personne d'autre dans la chambre. Le lit qui avait été occupé par la vieille dame sourde était vide, les draps tendus jusqu'en haut. C'était déjà comme si elle n'avait pas existé. On l'avait emmenée, elle était morte. Elle avait cessé de respirer dans la nuit, ou au petit matin. C'est drôle, les gens qui s'en vont. Vous détournez les yeux, juste un instant, et quand vous regardez à nouveau, il n'y a plus personne.

Pour cela, je tenais la main d'Amie serrée bien fort dans ma main, je guettais la goutte de vie dans ses yeux. Elle était déjà si loin, si fragile. Elle était pareille à la flamme d'une bougie.

« Tu te souviens, quand avec Lassie on avait trouvé le

bébé lièvre, dans les dunes? Il s'était caché derrière une touffe de chardons, comme si on n'allait pas le voir, tout petit, avec ses oreilles rabattues en arrière, ses gros yeux qui brillaient. C'est Lassie qui l'avait trouvé. Elle s'était arrêtée devant lui, elle tendait son museau, avec précaution, elle avait peur de lui! Je l'ai ramassé, tu m'as dit qu'il fallait bien tenir la tête vers moi et mettre une main sous ses pattes pour qu'il ne se blesse pas avec ses griffes. Après on l'a relâché dans les dunes, je l'ai regardé filer entre les herbes, la tache blanche de sa queue et ses oreilles dressées! » Je ne savais même pas si elle m'entendait. Évidemment, ça ne doit pas être commode d'écouter une histoire quand on a une sonde dans le nez et un goutte-à-goutte dans le bras. Mais ça ne faisait rien, je continuais. C'était pour moi plus que pour elle. Je ne pouvais pas entendre le silence dans cette chambre trop blanche, la fin d'après-midi du dimanche, quand tous les visiteurs sont partis, les couloirs vides, le jardin vide, et ce lit neuf où la vieille dame sourde n'existait plus.

Je parlais, je parlais, de tout ça, de Nightingale, les champs de sorgho, les vignes, la grande forêt des rouvres, et les dunes, et la mer à l'endroit où le mascaret remonte la rivière Sebou. C'était des histoires peut-être, car rien n'avait existé avant l'appartement de la Loge et la grande maison délabrée en haut de la colline des Baumettes où habitaient le Colonel et Amie. Est-ce que les choses cessent d'être vraies quand elles s'éloignent dans le temps? J'aurais voulu le lui demander maintenant, à Amie, qu'elle le dise. Qu'elle ouvre les yeux encore, pour que je voie sa vie, et qu'elle réponde. Qu'elle raconte un peu, à son tour, ce qu'elle avait vécu autrefois, comment c'était, à Nightingale. Qu'elle raconte quand elle m'avait prise, dans ma boîte en carton, pour me porter dans son lit. Quand elle m'avait trouvée sur le sol de la cuisine, comme si un djinn m'avait apportée là, dans le vent de sable.

« Tu te souviens, je n'avais même pas une robe, j'étais enveloppée dans de vieux chiffons à fleurs, alors tu m'avais habillée avec une robe de ta plus grande poupée, celle qui s'appelait Lucie et que tu avais gardée depuis ton enfance, tu te souviens, cette grande poupée avec des yeux bleus et des cheveux filasse. Un jour, je l'ai fait tomber, elle s'est cassée, et toi tu as pleuré, comme si c'était vraiment ton enfant... »

Mais si ça n'était pas vrai, pourquoi est-ce que tu m'as menti? Pourquoi est-ce que tu as inventé cette histoire à l'eau de rose, ce carton abandonné dans le vent, à la porte de ta cuisine, ce bébé enveloppé dans des chiffons à fleurs, cette petite fille tombée du ciel. Est-ce que c'était donc si terrible, si horrible, cette table où tu avais compté les billets de banque, un par un, tout craquants et tout neufs, comme quand on achète un cheval ou une vache, ou une auto, et qu'on veut aller plus vite, forcer la décision du vendeur, le séduire avec la vue de l'argent sur la table.

« Tu te souviens? » Mais je ne savais plus de quoi il fallait se souvenir. Il y avait tant de choses, et peut-être qu'aucune n'était vraiment vraie.

Je suis partie. Je suis allée jusqu'à la maison de Monsieur Herschel, en haut de la colline des Baumettes, je me suis assise sur les marches de l'escalier. J'aimais bien ce jardin. La maison s'appelle la Roseraie, mais le Colonel dit toujours qu'on devrait bien l'appeler la maison des acanthes, parce qu'il y en a tellement, et si belles, avec leurs tiges bien droites au-dessus des feuilles en plateau, et toutes ces fleurs épineuses blanches et mauves comme des fleurs de chardon.

L'année où on a quitté Nightingale, c'était à la fin de l'été, je m'en souviens bien. Au printemps, il y avait tant de fleurs d'anthurium dans les serres. Tous les cartons étaient prêts dans les hangars, avec le dessin du rossignol fait par Amie. Monsieur Herschel allait à chaque instant voir les fleurs coupées, il vérifiait les emballages dans le papier de soie. On attendait son ami Monsieur Buisson. Il devait venir avec son camion pour emporter les fleurs jusqu'à l'aéroport. Il avait passé un accord avec une compagnie d'avions-cargos. Les fleurs avaient leur place pour Paris, pour Bruxelles, pour Francfort. C'était la première fois. Bientôt il y aurait des cartons avec le dessin d'Amie dans toutes les boutiques de fleuristes du monde. Je serais l'ambassadrice des fleurs, j'irais partout pour en parler. Avec Amie, nous irions dans les beaux hôtels, dans les restaurants. Les fleurs ouvriraient leurs calices couleur de corail dans les plus belles maisons du monde.

Mais Monsieur Buisson n'est pas venu avec son camion, ni ce jour-là, ni les autres jours. Le Colonel a téléphoné, il a cherché d'autres camions, il a pris sa voiture avec une dizaine de cartons sur la banquette arrière. Il n'a rien trouvé. Il n'y avait pas d'avion-cargo réservé. Tout était faux, inventé. Monsieur Buisson était parti avec la provision que lui avait donnée le Colonel. C'était un traître. Il avait vendu tout ce qu'il possédait, et il avait levé le camp. Les fleurs sont mortes dans leurs cartons, comme dans de petits cercueils. Celles qui n'avaient pas été coupées ont flétri sur leurs tiges, parce qu'il faisait trop chaud dans les serres. Alors le Colonel a fait un grand tas avec les fleurs et les cartons, et il a tout brûlé. Ça a fait une grande fumée grise qui sentait mauvais, comme quand les champs de blé brûlaient, à cause des pinces à linge des insurgés. C'était plus que jamais l'été des incendiaires.

Nous avons quitté Nightingale. Je ne savais pas où j'allais. J'étais à nouveau une Zayane. Je ne pouvais pas avoir de maison.

Le soir, il y a les cris angoissés des merles dans les jardins. Ils volent de plante en plante, à la recherche d'un endroit où passer la nuit. Mais peut-être que ce n'est pas cela qui les inquiète. C'est la nuit qui vient, l'ombre qui grandit, le soleil qui s'éteint derrière la terre. Ils sentent le froid de l'espace, ils voient la lumière bleue de la lune, ou bien quelque chose se déchire en eux, leur fait mal.

Le ciel devient jaune. Les fenêtres de la maison aux acanthes s'allument dans le soleil couchant. Le faîte des palmiers est encore dans la lumière, et en bas, la nuit unit les feuilles des acanthes comme sur l'eau d'un lac. Il y a des sortes de moustiques tigrés qui se posent sur moi, piquent mes bras, mes chevilles.

Je sais ce qui me manque ici. C'est peut-être pour cela que les cris des merles me font tressaillir. Quand la nuit arrivait à Mehdia, je m'en souviens, avec Amie nous marchions jusqu'à l'estuaire du fleuve, jusqu'aux murs de la ville. Nous passions par la porte de la mer, et nous entrions dans le palais en ruine qui ressemblait à la demeure des génies. Nous marchions entre les murs effondrés, couverts de ronces. Nous entendions les cris des oiseaux.

C'était un soir, peut-être le dernier soir que nous avons

passé dans ce pays, je ne me rappelle plus. L'air était doux et léger, le ciel était jaune comme maintenant, avec des bandes de nuages. Je ferme les yeux à demi, il me semble y être encore. Amie me tenait par la main. Sa main était douce et tiède, je la serrais très fort, il me semblait que nous nous parlions ainsi. Avec elle je regardais le ciel, la mer, le fleuve qui semblait arrêté par la marée. Il y avait des bateaux de pêche qui entraient lentement dans l'estuaire, leurs longues voiles effilées penchées comme des ailes. Je savais que je ne verrais plus jamais cela. Je savais que même si je le voulais très fort, même si je revenais, je ne le verrais plus. J'avais des larmes dans les yeux, et en même temps je voulais tout voir, tout prendre, comme si je devais passer le restant de ma vie à m'en souvenir.

À un moment, Amie a dit : « Écoute! » Par la porte de la mer, dans le vent léger, j'ai entendu la voix du muezzin qui appelait. Très loin, pareille à un mince fil se déroulant dans l'air, on l'entendait sans l'entendre, je veux dire, pas seulement avec les oreilles, mais aussi avec les yeux, avec le visage, avec la respiration, c'était léger et précis, c'était un regard, une couleur, un frisson.

Maintenant, ici, dans le jardin abandonné, où Amie ne vient plus, j'entends cette voix, elle m'unit à l'autre côté du monde, à l'autre versant de ma vie.

J'ai redescendu la colline des Baumettes, par les escaliers et les ruelles qui vont tous vers les grandes avenues, comme les ruisseaux vers les fleuves. La nuit brillait de tous les côtés. Je me souviens, au début, quand j'allais m'asseoir sur le pas des portes, et que je regardais les lumières des cafés, les hommes, les filles fardées, en attendant que l'amant de ma mère s'en aille de chez elle. À présent, tout cela me paraît si loin, si différent. Peut-être que je suis vraiment devenue quelqu'un d'autre.

J'ai commencé à marcher dans les rues de la vieille ville. Il y avait beaucoup de monde dehors. Des vieux, des jeunes, des gens d'ici et d'ailleurs. Dans les bistros, la musique arabe gémissait. Il y avait des odeurs de restaurants italiens, de la friture, du café. Il y avait de vieilles femmes habillées en noir assises sur leurs chaises devant leur porte, des enfants qui couraient en criant. À un moment, j'ai été reconnue par des enfants. Ils m'entouraient, ils criaient : « Saba! Saba! » C'était bizarre, ça me faisait quelque chose d'entendre mon nom. Il y en a un qui m'a accompagnée jusqu'à la Loge. Il était très brun, avec de grands yeux de velours. « Toi, comment tu t'appelles? » Je lui ai demandé cela. Il m'a dit : « Moi, je m'appelle Rachid. » Il marchait un peu en retrait, sans me quitter des yeux. Il avait un pantalon taché, et de vieux baskets trop grands. « Il y a longtemps que tu es ici? » Quand je lui parlais, il se rapprochait un instant. « Moi? Hier soir. » En passant, il m'a montré une porte. « J'habite ici. »

Un peu plus loin, la boulangerie était ouverte. La belle dame italienne était sur le pas de la porte. Quand je suis passée, elle m'a souri, elle a dit : « Attendez. » Elle est revenue avec une miche. « Elle m'est restée de cet après-midi. »

On est arrivés devant la porte de ma maison. J'ai donné la miche à Rachid. « Bon. Au revoir, Rachid. » Il a dit seulement merci, et il est reparti en courant vers la place.

Dans l'escalier, en passant, j'ai dit bonsoir à Semmana, comme chaque soir. Elle avait l'air fatigué, elle avait un pansement sur la tempe, là où son mari l'avait frappée. Mais ses beaux yeux verts brillaient de la lumière que j'aime. Elle m'a dit, comme elle dit toujours : « C'est bien, ma fille. C'est bien. »

J'ai continué à monter. Je suis passée devant l'appartement des gitans, devant celui de la vieille Ida, qui est un peu folle. Partout, il y avait des bruits de voix, des radios, l'odeur de la nourriture. La minuterie s'est éteinte comme toujours, un peu avant que je n'arrive au sixième, et j'ai continué à tâtons. Sous la porte, il y avait un rai de lumière électrique. Je n'ai plus eu qu'à frapper. Je ne voulais pas entendre le bruit de la clef dans la serrure.

« 'Chkoun? »

J'ai dit bêtement :

« Moi. »

Je pensais : si elle crie, si elle dit quelque chose de désagréable, je m'en vais pour toujours. J'irai à l'autre bout du monde, même au Canada.

Mariem a ouvert la porte. Je ne voyais pas bien son visage à cause de l'ampoule électrique. Elle m'a paru si frêle, si petite. Elle avait des lunettes que je ne connaissais pas. Elle avait son tablier à fleurs roses et bleues qui lui donnait l'air d'une petite fille. Elle n'arrivait pas à parler. Elle a fait un pas vers moi, elle m'a serrée contre elle, et nous sommes entrées ensemble par la porte étroite, comme si nous dansions. Elle disait mon nom, elle disait aussi « ya kbidti », c'est drôle, ça veut dire « mon petit foie ». Tout d'un coup, j'ai été très fatiguée. Je me suis assise sur la chaise, devant la table en formica, et j'ai commencé à pleurer, pendant qu'elle m'apportait un verre de thé brûlant, je crois bien que j'ai mêlé mes larmes au breuvage amer.

Fascination

Elle est apparue de nouveau, cette nuit. Pourquoi de nouveau? Est-ce que je l'avais vraiment déjà vue, ailleurs, dans un autre temps? Est-ce que je l'avais seulement rencontrée? Pourquoi ai-je eu alors cette impression, ce coup au cœur, quand elle est entrée, cette nuit, dans cette salle immense, accompagnée de cette vieille au regard de sorcière, toutes deux vêtues de noir comme les tziganes, et qu'elle a commencé à traverser le restaurant, sans souci pour l'émoi qu'elle provoquait, son beau visage dédaigneux éclairé et capté par les jeux de lumière et d'ombre venus des plafonniers? Pourquoi alors ai-je senti sa présence, avant même de l'avoir vue, de les voir toutes deux, quand elles avaient poussé la porte vitrée, venues du mystère de la nuit dans cette ville terrible, comme réfugiées dans cette salle immense au bruit de volière? Oui, j'ai senti cela en moi, comme un regard étranger, comme un mouvement de l'air sur ma peau, un danger presque, et elles entraient dans cette salle, immense et étrangère, elles deux dans les mouvements lents des plis de leurs robes noires, elle si jeune et belle, au visage étincelant, elle si vieille et noire, froissée, sèche et ratatinée, avec ce regard fermé, durci, comme l'ombre d'orbites vides. Mais pourquoi mon cœur battait-il plus vite, plus fort, comme si cet instant avait une importance extrême, et rien de ce que je vivais, rien de ce que j'avais vécu n'étaient au hasard? Je me suis levé un peu de ma chaise, je crois, comme pour partir, ou pour aller au-devant d'elle, je ne sais plus. Je les regardais avancer à travers l'immense salle, suivant une ligne en diagonale, elle devant, impassible, s'arrêtant devant chaque table, suivie de la vieille qui se voûtait, et dont le regard courait plus vite qu'elle, cherchant quelque chose qu'elle ne parvenait pas à retenir. Quand elles sont arrivées au fond de la salle, alors seulement j'ai compris ce qui les avait attirées dans cette salle de restaurant qui n'était pas pour elles. A chaque arrêt, la vieille tirait à demi de son cabas une rose déjà à moitié fanée, et la proposait aux dîneurs, qui détournaient leur visage avec ennui, avec dégoût peut-être. Ou bien était-ce la beauté presque inconcevable de la jeune gitane, son visage sombre, ses yeux ardents et absents, sa bouche éclatante, ses longs cheveux noirs libres sur ses épaules, ses mains aux poignets si fins, tout son corps souple et léger dans cette longue robe noire de satin usé, dansante comme une ombre, c'était elle qui obligeait les gens à détourner leur regard, à fuir dans l'abri d'une conversation fausse, d'une indifférence feinte, ou même, à quelques reprises, d'une colère révélatrice. Oui, plusieurs fois, je vis des femmes, et un homme, au moment d'être sollicités par la vieille mendiante, les chasser d'un geste véhément, élevant une voix que la peur rendait aigre et criarde. Les saltimbanques continuaient à avancer à travers la grande salle, qui peu à peu devenait silencieuse et vide. C'est-à-dire que moi, assis à ma table au centre de la salle, je ne voyais plus les autres convives, je n'entendais plus le brouhaha de leurs voix. Au contraire, je percevais de façon presque insupportable chaque mouvement des deux femmes, et il me semblait que j'entendais chaque son de leur voix, ou plutôt, la voix monotone et geignarde de la vieille au regard de sorcière, et le silence dédaigneux de la belle jeune femme qui marchait devant elle, et s'arrêtait elle aussi de table en table, mais sans se retourner, le regard fixé au loin, dans le vague, et brillant d'un éclat dur, presque effrayant. Moi, mon cœur battait de plus en plus fort dans ma poitrine, et je sentais la sueur mouiller mes paumes. De quoi avais-je peur? En quoi les deux bohémiennes (car maintenant je ne pouvais plus douter qu'elles fussent bohémiennes, à leur robe longue, à leurs cheveux défaits, au noir charbonneux des yeux de la jeune femme, au visage en lame de couteau de la vieille mendiante) pouvaient-elles me menacer? Pourtant, c'était ainsi : je ressentais cette scène comme si elle n'avait de sens que pour moi, parce que j'y étais. Comme si les deux femmes en noir n'étaient pas entrées dans la salle de ce restaurant pour vendre leurs fleurs, mais pour me chercher.

Quand j'ai eu compris cela, mon cœur s'est mis à battre plus vite et plus fort. La peur, ou maintenant, la colère, qui obscurcissait mon esprit, m'obligeait à rester, à regarder. Je ne pouvais pas attendre qu'elles aient poursuivi leur recherche comme cela, de table en table. Je ne pouvais plus le supporter. J'allais crier, peut-être, en frappant sur ma table, crier : « Ici! Regardez-moi! Je suis ici! ici! » Quand la jeune femme a tourné la tête vers moi, comme si elle avait senti mon regard durci, obscurci, qu'elle avait deviné mon cri muet. Elle s'est tournée tout entière vers moi. Elle était alors d'une beauté éblouissante. Sous la lumière du plafonnier qui l'éclairait comme un projecteur sur une scène de théâtre, son visage était net et éblouissant, pareil à une sculpture, mais avec quelque chose d'ardent et de vivant dans son regard sombre, dans le dessin de ses lèvres, dans l'éclat de ses pommettes. Elle avait saisi son poignet gauche dans sa main droite, et elle le serrait dans un geste d'impatience et il me semblait, malgré la distance, que je voyais sa poitrine se soulever au rythme de sa respiration, au même rythme que la mienne!

Alors, tout d'un coup, mon appréhension était partie. Je ne sentais plus ni colère, ni peur, ni impatience même. Je sentais l'ivresse plutôt, parce que cette femme inconnue me regardait, plongeait son regard dans le mien. Je n'avais jamais vécu cela nulle part, jamais je ne m'étais senti autant perdu par le gouffre d'un regard. En moi, c'était plus qu'en moi, c'était dans toute cette salle, et au-delà, dans cette ville anonyme dans la nuit, des choses, des images passaient, s'en allaient, glissaient pour remplir un autre monde, une autre vie. Pour cela, je restais debout, immobile, pour cela, j'étais gagné peu à peu par un incompréhensible et stupide bonheur. Combien de temps est-ce que cela a duré? Je ne sais plus, je ne pourrai jamais le dire. Des heures et des jours, j'ai été debout dans cette salle de bal, où les habitants se mouvaient pareils à des fantômes, tandis que la vieille folle remontait de table en table en secouant une sébile aigriarde, ou en geignant, marmonnant des imprécations ou des prières. Des heures, des jours, le regard sombre de la jeune bohémienne a flambé comme un cierge, et j'ai senti glisser loin de moi les désirs, les chaleurs, les choses. Tout ce que j'avais vécu pendant ces dix-huit ans où je n'avais pas été là, où j'avais oublié, ces dix-huit ans sans signification ni vérité, où j'avais existé comme en rêve, faiblement, sans rien retenir ni chercher, au jour le jour, dix-huit années d'errances vaines, d'amours volages, de restaurants, de bals vides, de voyages anonymes où les plans sont des labyrinthes et les projets d'avenir des mascarades et des leurres.

Dix-huit années qui m'avaient séparé d'elle, de son regard, de cette flamme sombre qui brillait dans ses pupilles, de sa beauté si parfaite qu'elle était éternité, vérité. Le temps était passé comme dans un rêve, parce que c'était ma vie réelle, dans ces villes, avec ces gens, mon métier, mes amis, mes maîtresses, mes voyages qui n'avaient pas de réalité, simples reflets dans les yeux de la bohémienne, indifférents et brûlants, plus forts qu'aucune lumière de bal. C'est pour cela que mon cœur battait avec cette frénésie, comme s'il cherchait à briser la prison de sa cage. Maintenant le pont du regard de la bohémienne m'unissait à l'autre versant de moi-même, et abolissait l'irrégulière frontière du temps. J'étais moi-même, enfin, de nouveau moi-même. Rien n'avait changé en moi, j'étais cet enfant de treize ans qui rentrait chez lui après la classe, montant le boulevard en portant ses livres et ses cahiers entourés d'un élastique. Le long du boulevard (la route qui allait vers l'Italie, où passaient les poids lourds, les autocars, les autos dans un nuage continu de gaz brûlés) je montais vers le haut de la colline, vers le col. Un peu après un grand virage où les pneus grinçaient, je voyais ce bâtiment de sept étages au bord de la route, un peu semblable à un grand paquebot vide. Je ne l'aimais pas, et pourtant c'était lui qui attirait mon regard. Les étages supérieurs, comme le pont des navires de luxe, étaient vides, aveugles. Parfois un rideau tremblait dans le vent contre l'espagnolette, je voyais un visage, un pâle visage de fantôme. Mais c'étaient les étages inférieurs, ou, pour mieux dire, le sous-sol qui attirait mon regard. Là, sous la terre, vivaient des gens que je ne faisais qu'entrevoir, qui grouillaient dans leurs cellules si sombres que la lumière des ampoules électriques nues brillait même à midi. Il y avait de la musique, des odeurs de cuisine, des voix d'enfants, des rires, des pleurs, des mots dans une langue inconnue, dure et violente, ou bien douce parfois, pareille à de la musique.

Elle est là, maintenant, tout près de moi, si près que je

pourrais la toucher. Elle me regarde de ses yeux profonds, brillants, de son regard que je ne peux éviter, dont je ne peux me soustraire, de son regard qui m'interroge. Puis j'entends sa voix. Elle me parle. Elle dit des mots, j'entends sa voix basse, un peu rauque, son accent étrange – espagnol, russe, portugais? Elle dit, venir, paraître, souvenir, comme cela, en roulant les r et en accentuant la dernière syllabe. Elle se tourne vers sa mère, cette vieille au regard de sorcière qui mendie de table en table, elle lui parle dans sa langue inconnue, où je reconnais en effet des mots d'espagnol, gracia, alabad, ou malpais, je ne sais plus. Est-ce de moi qu'elle parle! La vieille m'a regardé brièvement, d'un regard chargé de haine, et s'est détournée pour continuer sa progression entre les tables des noceurs indifférents.

C'est son regard que j'ai reconnu. C'est lui qui me ramène longtemps en arrière, à cette maison blanche au bord du boulevard. Je reviens de l'école, l'hiver, montant lentement le boulevard de corniche, et dès que j'ai passé le virage – un grand bâtiment sale où est écrit, en lettres arrondies d'avant-guerre un mot, un nom que je n'oublierai jamais, qui alors a pour moi quelque chose de magique, de vaguement menaçant, un nom écrit ainsi :

JUDEX

J'aperçois la maison blanche où vivent les étrangers, dans leur sous-sol sombre. Chaque fois que je passe près d'elle, mon cœur bat plus vite, à cause de ces voix, de ces bruits, des visages de femme qu'on entr'aperçoit dans les soupiraux, ou d'un enfant dont la voix pleure en sourdine, pas comme les enfants des riches, mais doucement, et longtemps, longtemps. Un après-midi, comme je monte la côte, peut-être plus vite qu'à l'ordinaire, sans m'y attendre, elles sont là : au pied de la maison blanche, dans la petite allée qui mène à l'entrée du sous-sol, une étroite bande de terre saupoudrée de ces hideux gravillons blancs que les propriétaires répandent dans les jardinets de la colline, elles sont là : la vieille femme vêtue de noir, au regard de sorcière, assise sur une chaise de paille, et devant elle, debout, maigre dans ses habits noirs, immobile comme si elle attendait vraiment quelqu'un, ou quelque chose, la petite fille. Son visage est très pâle, mangé par son épaisse chevelure noire, par ses yeux immenses, brillants. Comme j'avance, elle se tourne un peu vers moi, et elle me regarde, et comme aujourd'hui, son regard m'envahit et me libère, me change. Mais je ne devrais pas parler d'aujourd'hui, puisque aujourd'hui n'existe pas. C'est son regard d'alors, brûlant, fiévreux dans son visage pâle, ce regard de détresse, d'interrogation aussi, cet appel, cette annonciation qui n'ont pas cessé, année après année. Il est resté en moi, semblable à une lumière qui brûle dans la nuit, qui ne cesse pas de brûler. Je crois que je me suis arrêté un instant sous ce regard. Jamais je n'avais imaginé que ce regard pouvait exister, ici, dans cette maison, je veux dire dans le malheur de ce souterrain sans lumière, dans la prison où l'on disait que vivaient les esclaves. Debout au milieu de l'allée, la petite fille vêtue de noir était immobile, elle ne faisait pas attention aux autres gens qui se hâtaient sur le trottoir. C'était moi seulement qu'elle regardait, comme si j'étais celui qu'elle avait attendu (moi comme si elle m'avait attendu), moi seulement qu'elle avait choisi. Combien de temps suis-je resté arrêté sur le bord du trottoir, attaché à son regard sombre et mystérieux d'enfant, le cœur battant vite, ne sachant plus rien d'autre? Je ne sais plus, et aujourd'hui je me demande si j'ai vraiment cessé d'être là. Mais je m'en souviens maintenant, après toutes ces années qui n'ont plus aucun sens, je me souviens d'être venu, encore et encore, à chaque instant, guettant l'heure où la jeune bohémienne quitterait l'ombre humide du sous-sol pour rester avec son aïeule sur le sentier de gravillons. Le soleil d'hiver éclairait ses vêtements, ses cheveux, allumait un reflet plus chaud sur la peau de son visage. Un jour, la chaise était vide, et la petite fille était assise à la place de sa grand-mère, et quand elle me vit, elle se leva, et courut presque vers moi, puis s'arrêta, peut-être effrayée de ce geste. « Est-ce qu'elle est malade? » J'ai demandé cela, je crois. Elle répondit aussitôt : « Non, ce n'est pas cela. Elle a dû faire une course en ville. » Elle répondait, et ces paroles insignifiantes, elle les disait de sa voix claire comme si c'étaient les mots les plus importants du monde. Et pour moi, ils étaient importants, en effet, et je sentais autre chose qui passait en dehors des mots, dans son regard, dans la lumière, dans la beauté de son visage, de son front, de ses cheveux, et ses épaules et son corps fragile dans la robe noire. « Et vous, où allez-vous? » Je me souviens aussi de la honte qui m'avait empêché de dire que cette route que je suivais, chaque jour, était celle qui allait de la maison de ma grand-mère au lycée, route dérisoire et banale, qui enlevait toute nécessité à notre rencontre, en faisait un banal accident sur le chemin des écoliers. Alors je ne lui disais jamais : « Je vais au lycée » mais : « Je vais là-bas », ou « Je dois aller par là. » Et elle ne me demandait pas ce que c'était, ce « là-bas ». En revanche, j'étais heureux de pouvoir lui dire que je montais chez ma grand-mère, que j'allais chez ma grand-mère, pour déjeuner, ou pour passer la nuit, parce que je me sentais plus proche d'elle, comme elle, qui vivait avec sa grand-mère (mais cette vieille en noir n'avait rien de comparable avec ma grand-mère, si douce et tendre, elle était dure et effrayante, et les jours où elle était assise sur la chaise, je me contentais de faire un sourire des yeux, et la petite fille en noir me suivait du regard, n'osant pas bouger elle non plus, ni rien dire, seulement avec cette expression d'inquiétude et cet appel dans son regard sombre, qui me poursuivait et faisait battre mon cœur longtemps après que j'avais passé le second virage).

J'aimais voir la petite fille vêtue de noir, chaque fois que je revenais du lycée, ou les samedis et dimanches, quand je pouvais flâner dans les rues du quartier. Pourtant, pas une fois je me suis interrogé sur elle, pas une fois je n'ai cherché à savoir ce qu'elle faisait, quand elle n'était pas debout dans l'allée étroite de l'immeuble. J'aurais dû lui poser des questions, lui demander ce qu'elle aimait, ce qu'elle voulait, guetter les réponses dans ses yeux, écouter battre son cœur, serrer ses mains d'enfant, essayer de donner quelque chose, de partager quelque chose. Mais je crois que pour moi, au fond, elle n'existait pas. Elle était un fantôme, une apparition, toujours à la même place absurde, au bord de ce boulevard d'enfer grondant de camions et d'autos, dans le froid cruel et dans la solitude de ce couloir, au pied des grands immeubles, devant les soupiraux des sous-sols auxquels elle s'était échappée quelques instants, à la manière des prisonniers qu'on aère dans les cours vides des bâtiments carcéraux. Je crois que pour moi elle était un rêve, déjà, magique et mystérieux, une image ensorcelante et fragile, mais exilée de toute vie réelle, avec cette tristesse et ces secrets que les vivants ne peuvent pas percevoir. Saltimbanque, comme cette autre petite fille que je voyais alors, chaque saison de Noël, sur la grande place battue par les vents, maigre et bleuie dans son collant pailleté, et qui se contorsionnait devant son père, un drôle de sourire crispé sur son pauvre visage sans enfance. Mais moi je ne savais pas voir cela, je ne pouvais pas le comprendre. Ce que j'aimais, c'était le rêve justement, cette image noire et fiévreuse, ce regard attaché au mien avec une intensité qui me troublait et m'amusait à la fois, ce regard d'animal sauvage que je découvrais, et qui ne ressemblait à rien de ce que le monde réel pouvait me montrer, ce regard qui était amour et mort, désir, crainte et savoir déjà, fierté et dédain déjà, peut-être...

Je me souviens maintenant, du fond de cette salle immense, vide, effrayante, sous le regard de cette jeune femme inconnue qui efface le monde, je me souviens de chacun de ces instants que je croyais oubliés. Un après-midi avant l'été, un jour de grand vent et de ciel bleu, un dimanche certainement puisque je n'étais pas enfermé dans la prison du lycée, je suis allé jusqu'à la grande maison blanche, jusqu'à l'allée de graviers. Il n'y avait pas la chaise de paille, et je crois bien que j'ai eu un pincement au cœur, en pensant qu'elles n'étaient plus là, qu'elles étaient parties, l'horrible vieille et la fée vêtue de noir. J'ai marché sur l'allée de gravillons, en essayant d'empêcher les semelles de mes tennis de crisser. De quoi avais-je peur, comme aujourd'hui? Ce n'était peut-être pas la peur, mais la solitude, dans cette journée, avec ce ciel immense et vide, comme ici, dans cette salle, et le va-et-vient obsédant des autos sur le boulevard, et ces fenêtres aveugles des immeubles, au-dessus de moi, ces fenêtres au regard aveugle. Comme j'approchais de la porte du sous-sol, tout à coup elle est apparue, devant moi. La lumière brillait sur ses cheveux et dans ses yeux, et pour la première fois, elle souriait, et son visage exprimait la liberté, une sorte de joie sauvage. C'était une expression si forte, si brûlante dans ses yeux que je ne pouvais pas soutenir son regard. Alors elle n'était pas une enfant. Elle était une femme vraiment, elle venait à moi comme une femme, belle, libre, désirable. Elle a marché jusqu'à moi, elle m'a touché de ses mains, et pendant un instant nous sommes restés immobiles, dans le vide du vent, au milieu de l'allée en gravillons. Je n'ai plus jamais ressenti cela nulle part, cette impression d'avoir perdu mon apparence, d'être devenu un pur regard, un désir. Puis quelque chose s'est rompu. J'ai senti la crainte, à nouveau, non plus la solitude, ni le vide, mais la crainte d'être dérobé, de devenir un autre, de changer mon destin. J'ai dû reculer, et elle, l'enfant vêtue de noir, elle a dû sentir ce froid qui était en moi, qui gagnait. Elle m'a dit des mots, elle m'a parlé de sa voix un peu rauque de petite fille émue, qui faisait battre mon cœur et me rejetait dans la honte. « Qu'est-ce qu'il y a? Qu'est-ce que vous voulez? » Son regard tout à coup assombri m'interrogeait avec insistance, cherchait au fond de moi la vérité. Mais moi je ne voulais pas la lui dire. Je pensais seulement que j'allais partir, rejoindre les camarades de classe qui m'attendaient sur les quais pour une partie de ballon, ou bien monter l'escalier jusqu'à l'appartement de ma grand-mère et m'enfouir dans un fauteuil pour lire les dictionnaires en écoutant les bourrasques et en regardant la lumière du soleil. « Elle n'est pas là aujourd'hui, elle ne reviendra pas avant ce soir. » La petite bohémienne parlait encore, et l'émotion faisait ressortir son accent étrange, sonore, maladroit. « Mais moi, je ne peux pas rester, je dois – » Je voulais dire quelque chose, et je ne pouvais pas trouver de raison valable. Cela n'avait plus de sens. Elle m'a regardé tandis que je reculais, l'ombre creusait ses orbites comme celles de la mort. Alors d'un seul coup je suis parti, en marchant d'abord, puis, de plus en plus vite, en courant, éperdu, essoufflé, la tête résonnant des coups de mes pieds sur le trottoir du boulevard. Je ne sais pas où je suis allé, je ne me souviens plus où j'ai erré, cet après-midi-là, dans les rues vides entre les jardins des villas. Plus rien de tout cela n'existe aujourd'hui, tout s'est effacé. Quelque temps après, on a démoli l'immeuble vétuste dont les bohémiens avaient squattérisé le sous-sol. Quand j'ai demandé timidement au contremaître du chantier, il a seulement haussé les épaules. « Où ils sont partis? Comment voulez-vous que je le sache? ils sont allés ailleurs, n'importe où. Ces gens-là, ça ne reste pas longtemps au même endroit. » Je n'ai pas revu la petite fille en noir, ni sa grand-mère au regard méchant. Le temps les a englouties, et les mouvements de ma vie les ont effacées de ma mémoire.

Jusqu'à cette nuit, où elles ont apparu à nouveau, brièvement. Alors la jeune femme s'est arrêtée devant moi, elle m'a regardé. Puis d'un seul coup, elle a détourné son regard, avec une expression cruelle de dédain et de colère. La grande salle vide résonnait à nouveau des brouhahas des noceurs. La musique jouait un air faussement enjoué, une rumba qui creusait un vertige dans mon corps. Entre les tables, la vieille femme au panier de roses et la jeune femme vêtue de noir glissaient très vite, disparaissaient. Un instant encore, comme dans un rêve, j'ai vu leurs silhouettes devant la porte, puis elles se sont engouffrées dans la nuit.

Le temps ne passe pas

D'abord, je voudrais vous dire qui était Zobéïde, comme elle était belle, unique. Mais au moment de le dire, je ne sais plus très bien par où commencer. Je ne me souviens plus comment je lui ai parlé pour la première fois, ni de ce qu'elle m'a dit. Je me souviens seulement du jour où je l'ai vue, sur la petite place au-dessus de la rue Rossetti. Maintenant, tout a changé, la rue où j'habitais n'est plus la même, les immeubles vétustes ont été ravalés, on en a chassé les gens pour vendre les appartements à des Allemands et à des Anglais. Maintenant, il y a des magasins nouveaux, qui vendent des choses bizarres comme des tapis persans ou des dentelles normandes, de l'encens, des bougies parfumées. Les escaliers où les enfants jouaient en poussant des cris stridents, les passages, les cours où séchaient les draps, tout cela est différent, peut-être parce que Zobéïde n'est plus là. Elle a disparu, non seulement du présent, mais aussi du passé, comme si on l'avait effacée, comme si elle s'était jetée du haut d'une falaise, ayant fait un trou dans le ciel de tous les jours, du haut d'un immeuble, dans le bleu brûlant pour disparaître ainsi que les oiseaux, qu'on ne trouve presque jamais morts dans la rue.

Zobéïde, c'était le nom que je lui avais trouvé. Son vrai

nom, c'était Zoubida. Moi, je m'appelle David, et pour s'amuser, elle m'appelait Daoud. C'est comme cela que j'avais inventé ce nom, Zobéïde. Mais c'était un jeu entre elle et moi.

Je n'ai jamais très bien su d'où elle venait. Elle avait caché ses traces, dès le début. Tout en elle était mystérieux. La première fois que je l'ai vue, c'était sur la petite place, là où les garçons se réunissaient en sortant de classe, pour jouer au ballon, ou pour boxer. Elle est passée sans regarder personne, elle a disparu dans les rues sombres. Je ne me rappelle plus très bien comment elle était habillée, parce que le souvenir que je garde d'elle, c'est cette photo qu'elle m'a donnée un jour, quand on a commencé à se voir. Une photo d'école, où elle est assise au premier rang. Sur cette photo, je la trouve très belle, très étrange. Il y a une étincelle en elle, dans son regard sombre, au fond de ses yeux. Pourtant, elle est vêtue de ces habits trop grands, trop vieux, des enfants pauvres. Une jupe blanche, avec un volant bizarre au-dessous des genoux, un jupon de bohémienne. Une chemise de garçon avec les poignets retroussés pour être à sa taille, et d'affreuses chaussettes montantes en laine noire, et des chaussures, non pas des sandales de petite fille, mais des escarpins trop grands, dont les lanières semblent détachées.

Je ne sais pas combien de fois j'ai regardé cette photo, pour essayer de comprendre. Comme s'il y avait une histoire secrète écrite sur ces visages, que j'allais pouvoir déchiffrer. Elle m'a apporté la photo un jour, quand nous allions nous promener dans les jardins publics, et elle m'a dit tous les noms des garçons et des filles qui étaient sur la photo avec elle, c'était une litanie qu'elle récitait par cœur. « Martine Eyland, Cécile Sappia, Marie-Antoinette Lieu, Raïssa Laabi, Alain Pagès, Sophie Gerardi, Maryse Aubernet, Nadia Cohen, Pierre Barnoud, Fadila... » Je me souviens de certains de ces noms, j'avais écouté avec attention sa voix quand elle les prononçait, et c'était la chose la plus importante du monde.

Ce que je vois, c'est son visage surtout, le visage qu'elle a à cet âge, sur la photo, l'arc parfait de ses sourcils comme dessinés au charbon, ses yeux sombres et profonds, brillants, et cette chevelure noire où s'accroche la lumière. Quand je l'ai connue, elle portait encore les cheveux en une seule natte épaisse qui descendait jusqu'à ses reins. Jamais elle ne se montrait avec les cheveux défaits, et j'imaginais cette chevelure noire tombant en pluie sur ses épaules et dans son dos. Sur la photo, elle est assise au premier rang, sa jupe prise entre ses genoux à la manière des bohémiennes, son regard dirigé droit vers l'objectif, sans timidité ni coquetterie. Elle regarde, pour se défendre, pour déjouer les pièges, peut-être. À cette époque-là, quand je l'ai connue sur la petite place, derrière chez moi, elle ne portait jamais de lunettes noires.

C'est ce regard que je ne peux pas oublier. Sur la photo, elle est assise très droite, les mains posées sur ses genoux, les épaules carrées, le visage légèrement en arrière par le poids de sa tresse. Son front est lisse, barré par les arcs de ses sourcils, et dans son regard brûle l'étincelle rapide de sa vie. Elle regarde à travers le glaçage de la photo, il me semble qu'elle est le seul visage doté d'un regard au milieu des inconnus. J'ai souvent essayé d'imaginer ce qu'elle pouvait être, pour les autres, pour Martine, et Sophie, Maryse Aubernet, Nadia Cohen, ou pour les deux garçons de sa classe, ce Pierre Barnoud au visage timide de blond, ou cet Alain qui grimace un peu. Comment est-ce qu'elle a pu vivre avec eux sans qu'ils la voient? Un jour, quand j'étais chez elle, dans les derniers temps, elle m'a parlé pour la première et unique fois du Lycée Français, des professeurs, du trajet qu'elle devait faire à pied, à l'aube, pour venir du bidonville, et le soir, pour rentrer. Elle a dit cela, qu'elle n'avait pas d'amis, qu'elle ne parlait à personne, qu'elle croyait qu'elle était invisible. Et moi je regarde son visage, sur la photo, et je ne vois plus qu'elle.

Au début, avec Zobéïde, je jouais à cache-cache. C'était peut-être à cause de la pauvreté dans laquelle elle avait vécu toute son enfance, ou bien parce qu'elle ne voulait rien savoir de moi, ni de personne. Plusieurs fois, je l'ai vue passer et disparaître dans les ruelles étroites. Un soir, après la classe, je l'ai suivie, pour découvrir son adresse, son secret. Ce n'était pas la première fois que je suivais quelqu'un dans les rues. Je peux même dire que j'étais assez fort dans cet exercice. J'avais suivi comme cela plusieurs types louches, et des filles qui ne s'en étaient même pas aperçues. Mais avec Zobéïde, ç'avait été une véritable aventure, qui m'avait entraîné à travers toute la ville.

Je me souviens de cette marche interminable, les places qu'elle traversait, les carrefours entre deux voitures. On était allés plus loin que la gare, dans les quartiers que je ne connaissais pas. Il y avait des néons qui brillaient, des cafés, des hôtels, des gens embusqués, des prostituées aux yeux fatigués. Toujours, devant moi, la silhouette de Zobéïde, qui marchait vite, bien droite, sa jupe bleue, son blouson, et la longue natte noire qui se balançait dans son dos.

Jusqu'à cet immeuble ordinaire, contre la voie ferrée, avec ce nom bizarre écrit au-dessus de la porte en lettres moulées dans le plâtre : *Happy days*. Après elle, je suis entré dans le hall, et j'ai lu à la hâte les noms écrits sur les boîtes aux lettres, pendant que la minuterie tictaquait, ces noms dont je me souviens encore maintenant comme de noms magiques, écrits à la main sur des bristols fixés aux boîtes. Balkis, Savy, Sauvaigo, Eskenazy, André, Delphin. Au bout de la rangée, écrit d'une jolie main sur un rectangle de papier d'écolier punaisé sur la boîte, ce nom, qui est devenu pour moi le nom le plus important du monde, le plus beau, le nom que je crois avoir toujours entendu : Alcantara. Ensuite, j'ai même osé monter quelques marches de l'escalier, de drôles de marches en ardoise usées au centre qui vous faisaient perdre l'équilibre. J'ai écouté les bruits qui résonnaient dans la cage d'escalier, les éclats de voix, des cris d'enfants, les grognements d'animaux des postes de télévision.

C'était là que Zobéïde habitait, avec sa mère, je l'ai su un peu plus tard. Elles vivaient toutes les deux seules, et sa mère ne sortait jamais parce qu'elle ne parlait pas autre chose que l'arabe. Plusieurs fois j'ai suivi Zobéïde jusqu'à l'immeuble, puis je rentrais chez moi, le cœur battant, le visage brûlant, parce que j'avais l'impression de commettre une trahison. Et peut-être que c'était vraiment une trahison. Un soir, c'était au commencement de l'été, les classes étaient finies, Zobéïde est venue vers moi. Je m'en souviens bien, c'était le long d'un haut mur de pierre qui longeait la voie ferrée, il n'y avait aucune issue pour que je puisse m'échapper. Elle est venue vers moi, et je ne me rappelle pas bien ce qu'elle m'a dit, mais je sentais la brûlure du soleil sur le haut mur qui avait chauffé toute la journée, et les yeux de Zobéïde qui me regardaient avec colère. Elle a dit quelque chose comme :

« Pourquoi marches-tu tout le temps derrière moi? »

Je n'avais pas envie de nier.

« Tu crois peut-être que je ne t'ai pas vu, derrière moi, comme un caniche? »

Elle m'a regardé un bon moment comme cela, et puis elle a haussé les épaules et elle est partie. Moi, je restais contre le mur, je croyais que j'allais tomber, je sentais un vide au fond de moi. Pourtant, c'est après cette rencontre que nous sommes devenus amis. Je ne comprends pas bien pourquoi tout a changé. Peut-être qu'au fond, ça l'avait fait rire de parler de moi comme d'un caniche. Simplement, un jour, elle est venue sur la placette et elle m'a invité à me promener. Nous avons marché dans les jardins poussiéreux. C'était le matin, et l'asphalte fondait déjà sous la chaleur. Elle avait une jupe claire et une chemise blanche aux poignets retroussés, comme sur la photo. Par le col ouvert, je voyais sa peau brune, la forme légère de ses seins. Elle était jambes nues, pieds nus dans des sandales. Nous avons marché, en nous tenant par la main. Je crois que c'est ce que j'ai aimé, quand elle m'a montré cette photo. Parce qu'elle était encore tout près de ce temps-là, il me semblait qu'en fermant les yeux, en écoutant sa voix, en sentant son odeur, j'étais avec elle dans cette école, avec les autres. Comme si je l'avais toujours connue.

C'était vraiment l'été, même les nuits étaient chaudes. À peine levé, j'étais dehors. Mon père et ma mère se moquaient de moi, peut-être qu'ils se doutaient de quelque chose. Ils imaginaient un flirt, une fille du quartier, la fille des voisins du dessous, Marie-Jo, très pâle, avec de beaux cheveux blonds. Ils ne savaient pas.

Nous nous voyions chaque jour. Nous partions ensemble, au hasard des rues, vers la mer, ou bien vers les collines, pour échapper au bruit des voitures. Nous restions assis sous les pins, à regarder la ville blanche, brumeuse. Dès dix heures du matin, il faisait si chaud que ma chemise collait à mon dos. Je me souviens de l'odeur de Zobéïde, jamais je n'avais senti une telle odeur, piquante, violente, qui me gênait au début, puis que j'aimais, que je ne pouvais plus oublier. Une odeur qui voulait dire quelque chose de sauvage, un désir, et ça faisait battre mon cœur plus fort. J'avais seize ans, ce mois-là, en juin, et bien qu'elle n'eût que deux ans de plus que moi, j'avais l'impression de ne rien savoir, d'être un enfant. C'était elle qui décidait tout, quand elle me verrait, où on irait, ce qu'on ferait et ce qu'on dirait. Elle savait où elle allait. La chaleur de l'été, les rues, les pins au soleil, cela pesait et enivrait, cela faisait perdre la mémoire. Un jour, je lui ai dit :

« Pourquoi tu veux me voir ? Qu'est-ce que tu veux ? »

« Comme ça. Pour rien. Parce que j'en ai envie. »

Elle me regardait avec moquerie. Je ne savais pas ce que je voulais d'elle. Simplement regarder son visage, ses yeux sombres, toucher sa peau, tenir son corps dans ses vêtements blancs, sentir son odeur.

Quelquefois, nous allions nous baigner, tôt le matin, ou vers le soir, quand la plage se vidait. Sous ses habits, Zobéïde avait un minuscule bikini noir. Elle entrait dans l'eau d'un seul coup, et elle nageait longtemps sous l'eau, puis elle ressortait, avec ses cheveux noirs qui flottaient autour d'elle. Dès qu'elle revenait sur la plage, elle les réunissait en torsade pour les essorer. Sa peau était luisante, métallique, toute hérissée par le froid. Elle allumait une cigarette américaine, et nous regardions la mer battre le rivage, pousser les détritus. Le ciel était voilé de brouillard, avec le soleil rouge. Je me souviens que je lui ai parlé de Venise. « Oui, ça doit être comme ça à Venise. » Mais j'ai pensé que c'était peut-être comme ça dans son pays, en Syrie, au Liban, ou peut-être en Égypte, ce pays dont elle ne parlait jamais, comme si elle n'était née nulle part.

Un après-midi, nous étions allongés sur les aiguilles de pin, dans la colline, nous nous sommes embrassés pour la première fois. Moi, je faisais cela vite et maladroitement, comme au cinéma, mais elle, tout de suite m'a embrassé avec violence, sa langue bougeant dans ma bouche comme un animal. J'étais effrayé, subjugué, c'était le contact le plus étroit que j'avais jamais eu avec un être humain. Elle a fait cela trois ou quatre fois, puis elle a détourné son visage. Elle riait un peu, elle disait, en se moquant de moi : « Je suis le diable! » Je ne la comprenais pas. J'étais ivre, il me semblait que j'avais le goût de sa salive dans ma bouche, la lumière de l'après-midi était éblouissante. Entre les fûts des arbres, je voyais la ville blanche, et la vapeur qui montait peu à peu de la mer, les scintillements des milliers de voitures, dans les ornières des rues. Zobéïde est partie en courant à travers les bosquets. Elle jouait à se cacher derrière les arbres, derrière les rochers. Il y avait d'autres couples, dans les clairières, et des voyeurs embusqués. En haut de la colline, les voitures passaient lentement. Zobéïde montait encore plus haut, elle se cachait dans des creux, contre des vieux murs. J'entendais son rire quand je m'approchais. Je la désirais, et j'avais peur qu'elle ne s'en rende compte. Quand la nuit tombait, nous redescendions vers la ville, par des escaliers jonchés de graines de cyprès. Les oiseaux du soir poussaient de drôles de cris angoissés. En bas, nous nous séparions brutalement, sans rien dire, sans nous fixer de rendez-vous, comme si nous ne devions jamais nous revoir. C'était son jeu, elle ne voulait rien qui la retienne. J'avais peur de la perdre.

C'est à cette époque qu'elle m'a donné sa photographie. Elle l'a mise dans la vieille enveloppe jaune, elle me l'a donnée : « Tiens, c'est pour toi. Je veux que tu la gardes pour moi. » J'ai dit bêtement, solennellement : « Je la garderai toute ma vie. » Mais cela ne l'a pas fait rire. Ses yeux brillaient étrangement, avec fièvre. Je comprends maintenant, quand je regarde la photo, c'était elle qu'elle donnait. Comme si elle n'avait jamais eu d'autre vie, d'autre visage. Alors c'est tout ce qui me reste d'elle.

Il y a les derniers instants, marqués en moi, malgré l'invraisemblance, la confusion, qui font que je crois quelquefois les avoir rêvés, quand je suis avec Zobéïde sur le toit de cet immeuble abandonné, la nuit, à regarder les étoiles de la ville. Comment est-ce que cela a été possible? Je n'ai jamais pu retrouver l'immeuble, je n'ai jamais compris ce qui m'est arrivé cette nuit-là, comment tout cela s'est passé. Je suppose que Zobéïde avait tout prévu, sans vraiment y penser, à sa façon, je veux dire qu'elle savait sûrement qu'on ne devait pas se revoir. Elle avait sûrement décidé bien avant cette nuit-là qu'elle partirait, qu'elle laisserait tout ce qu'elle connaissait, et que sa mère silencieuse devrait aller travailler là où on voudrait d'elle, et qu'elle ne rentrerait plus dans le petit appartement des combles de *Happy days*. Pourtant, c'est le souvenir de cette nuit qui me semble le plus extraordinaire, très proche du monde de la photo d'école, je crois que c'est cette nuit-là que j'ai été le plus près d'elle. Sur la plage, nous avons regardé les feux d'artifice du 14 juillet. Il faisait chaud et humide, les nuages des fusées traînaient comme de la brume au-dessus de la mer. Et tout à coup, sur la plage, il y a eu cette bagarre. Dans l'obscurité, des hommes se battaient, des Arabes d'un côté, des militaires du contingent de l'autre. La foule nous a portés vers eux, nous a fait tomber sur les pierres. Les visages grimaçaient dans les éclats de lumière, j'entendais les déflagrations qui résonnaient sur toute la ville. Il y avait des cris de femmes, des insultes, et je cherchais Zobéïde, puis j'ai reçu un coup de poing sur la tempe, et j'ai vacillé, sans tomber. J'ai entendu la voix de Zobéïde qui m'appelait, elle a crié mon nom une seule fois « Daoud! » et je ne sais pas comment, elle a pris ma main et m'a entraîné au loin, sur la plage. Nous nous sommes arrêtés près du mur de soutènement. Je tremblais sur mes jambes. Zobéïde m'a serré contre elle, et nous avons cherché les escaliers, pour nous enfuir. Nous avons traversé la foule avant que les lumières ne reviennent, et nous avons couru à travers les rues, sans savoir où nous allions, zigzaguant entre les voitures.

Au bout de cette course, nous nous sommes arrêtés devant cet immeuble en construction, une carcasse de béton vide et silencieuse au milieu d'un terrain vague. Par des échelles, nous sommes montés d'étage en étage, jusqu'en haut. Le toit était comme un désert, avec des gravats, des scories, des bouts de fer. Le vent soufflait très fort, le vent de la mer, le vent qui use les falaises. Zobéïde s'est assise contre une cheminée, un réservoir, je ne sais plus, et elle m'a fait asseoir à côté d'elle. C'était vertigineux. Il y avait le bruit du vent qui chargeait par intermittence, le bruit du vent venu du fond du ciel noir, par-dessus les toits des maisons, par-dessus les rues et les boulevards.

La nuit commençait. Après la chaleur étouffante du jour, les lumières des fusées, les bruits de la foule, et ce combat terrible sur la plage, dans le noir, les visages grimaçants, les éclats de lumière des fusées, les sifflements, les cris, la nuit apportait la paix, il me semblait que j'étais d'ailleurs, très loin, dans un pays étranger, que j'allais pouvoir tout oublier de cette ville, les ruelles, les regards des gens, tout ce qui me retenait, me faisait mal. Je sentais un frisson, mais ce n'était pas le froid, c'était la peur, et le désir. Il y avait la lumière de la ville, une sorte de bulle rouge qui recouvrait la terre devant nous. Je regardais le visage de Zobéïde, son front, ses lèvres, l'ombre de ses yeux. J'attendais quelque chose, je ne savais quoi. Je l'ai entourée avec mon bras, j'ai voulu attirer son visage, mais elle s'est écartée de moi. Elle a dit seulement, je crois, « non, pas comme ça, pas ici... » Elle a dit : « Qu'est-ce que tu veux ? » C'était moi qui lui avais posé la question, avant. « Rien, je ne veux rien. C'est bien d'être ici, de ne rien vouloir. » Il me semble que j'ai dit cela, mais peut-être que je l'ai rêvé. J'ai peut-être dit encore : « C'est bien, on a tout le temps, maintenant. » On dit tant de choses dans une vie, et puis ce qu'on a dit s'efface, ça n'est plus rien du tout.

Cela, ce que je voulais entendre, dans la musique du vent, dans le grondement des voitures qui montait des rues de la ville, avec cette bulle de lumière rouge autour de nous, comme si nous étions pris dans une aurore boréale. Dire à une fille, comme au cinéma: « Je t'aime. Mon amour. » L'embrasser, toucher ses seins, coucher avec elle dans les collines, avec le bruit du vent, l'odeur des pins, les moustiques, sentir sa peau douce, entendre son souffle devenir rauque, comme si elle avait mal. Quand un garçon reste la nuit avec une fille, est-ce que ce n'est pas ça qui doit se passer? Mais je tremblais, je n'arrivais même plus à parler. Elle a dit: « Tu as froid? » Elle m'a serré contre elle, en passant les mains sous mes bras. « Tu veux qu'on s'embrasse? » Ses lèvres ont touché les miennes, et j'ai essayé comme elle avait fait, dans la colline, avec ma langue. Tout d'un coup, elle m'a repoussé durement. Elle a dit: « Je fais ce que je veux. » Elle s'est levée, elle a marché jusqu'au bord du toit, les bras étendus, comme si elle allait s'envoler. Le vent agitait ses habits, ses cheveux. La lumière rouge faisait une auréole bizarre autour de son corps. Je pensais qu'elle était folle, mais ça ne me faisait plus peur. Je l'aimais. Zobéïde est revenue, elle s'est blottie contre moi. Elle a dit: « Je vais dormir. Je suis si fatiguée, si fatiguée. » Je ne tremblais plus. Elle a dit encore: « Serre-moi très fort. »

Moi je n'ai pas dormi. J'ai regardé la nuit tourner. Le ciel était toujours plein de cette cloque de lumière rouge, on ne voyait presque pas d'étoiles. C'était autre chose qui tournait, qui bougeait. La ville résonnait comme une maison vide. Zobéïde dormait vraiment. Elle avait caché sa tête dans le creux de son bras, et je sentais son poids sur ma cuisse. Elle ne s'est pas réveillée, même quand j'ai posé sa tête sur mon blouson roulé, et que je suis allé à l'autre bout du toit pour pisser dans le vide, sous le vent des cheminées.

À l'aube, elle s'est réveillée. J'avais mal partout, comme si on m'avait battu. Nous nous sommes quittés sans nous dire au revoir. Quand je suis rentré chez moi, mes parents n'avaient pas dormi. J'ai écouté leurs reproches, et je me suis couché tout habillé. J'ai été malade pendant trois jours. Après, je n'ai pas revu Zobéïde. Même son nom avait disparu de la boîte aux lettres.

Maintenant, chaque été qui approche est une zone vide, presque fatale. Le temps ne passe pas. Je suis toujours dans les rues, à suivre l'ombre de Zobéïde, pour essayer de découvrir son secret, jusqu'à cet immeuble au nom si ridicule et triste, *Happy days.* Tout cela s'éloigne, et pourtant, cela fait encore battre mon cœur. Je n'ai pas su la retenir, deviner ce qui se passait, comprendre les dangers qui la guettaient, qui la chassaient. J'avais le temps, rien n'était important. Je n'ai gardé d'elle que cette photographie d'une école où je n'ai même pas été. Le souvenir de ce temps où chaque jour était la même journée, une seule journée de l'existence, longue, brûlante, où j'avais appris tout ce qu'on peut espérer de la vie, l'amour, la liberté, l'odeur de la peau, le goût des lèvres, le regard sombre, le désir qui fait trembler comme la peur.

Zinna

Il s'appelait Tomi, mais Zinna l'appelait Gazelle, à cause de son autre nom, Arzel, parce qu'elle disait que c'était ce que ça voulait dire, en arabe. C'était peut-être pour ça qu'il savait courir si vite. D'ailleurs, le directeur du Centre s'appelait Monsieur Poisson, et le meilleur ami de Tomi s'appelait Lucien la Belette, parce que son nom, c'était Bellet.

Il n'avait jamais vu une personne comme Zinna, de toute sa vie. Étrange, avec un visage si pur et doux un peu penché de côté, et ces yeux verts qui regardaient au loin, à travers vous, ces yeux qui cherchaient quelque chose dans le ciel, un nuage, un oiseau, une étoile, on ne savait pas.

Tomi n'avait pas oublié cet hiver, il venait d'arriver au Centre, après cette histoire de vol de vélomoteur et tout ça. Il était parti de Vaujours, de chez les Herbaut, la famille où il était placé. Jamais plus il ne retournerait là-bas. Il gardait tout le temps dans la poche de son blouson le certificat du bureau d'orientation scolaire, où il y avait écrit une petite phrase qui disait, pas apte aux études, orientation CAP de maçon. Il gardait toujours ce papier sur lui, et il se disait que si un jour il devenait quelqu'un, il sortirait ce papier où il y avait écrit : maçon.

Il quittait le Centre tôt le matin. Il disait qu'il allait étudier à la bibliothèque. Mais eux s'en moquaient. Il était là juste pour quelques mois, avant de partir pour Paris, pour le CAP. Il marchait au hasard dans les rues de cette ville qu'il ne connaissait pas. Il ne savait même pas le nom des rues. Il allait dans les cafés, dans la vieille ville, c'est là qu'il avait rencontré Rochet, on l'appelait Rosette. C'était un dealer.

Du côté de la mer, il y avait toujours plus ou moins de mouettes qui planaient dans le vent en geignant. C'est dans cette ruelle qu'il avait vu Zinna pour la première fois.

Elle avait ce manteau gris de pauvresse, bizarre, qui s'évasait aux hanches comme une redingote, et pourtant, même habillée comme ça elle était belle. Elle marchait vite, avec son visage incliné, elle était pâle, avec des pommettes très lisses. Elle ne regardait personne. Tomi s'était écarté pour la laisser passer. Il avait quatorze ans, il était déjà plus grand qu'elle. Elle était passée, elle avait souri à peine, elle avait disparu, vraiment comme une inconnue, comme une femme qu'on aperçoit sur un quai de gare et qui glisse et se défait dans un reflet.

Dans la lumière de l'hiver, ses cheveux faisaient autour de son visage une auréole presque rouge. C'était ça qui avait fait battre le cœur de Tomi, cette chevelure frisée qui captait la lumière. Et il y avait en elle cette étrangeté, cette absence. A ce moment-là, il ne savait rien d'elle, ni son nom de Zinna, ni qu'elle était juive. Tomi n'avait personne au monde, à quatorze ans il avait tout fait et tout vu, il était voleur, sniffeur de colle, menteur et fugueur, mais il était vierge et il n'avait aucune idée de ce qu'était une femme, c'est-à-dire, pas d'autre idée que celle que les garçons du Centre avaient sur le sexe des femmes, par les allusions, les photos porno et les films X. Et ceux qui parlaient le plus fort étaient ceux qui avaient le plus peur. Alors Zinna, cette façon qu'elle avait de marcher, de regarder, son visage incliné et ses cheveux couleur de cuivre, tout cela était entré dans Tomi, il ne pouvait plus l'oublier. C'était cela qui faisait battre son cœur, même aujourd'hui après tout ce qui s'était passé, c'était cela qui le rongeait.

Elle apparaissait tous les jours au même endroit, dans la ruelle qui longe l'Opéra, et au bout on voyait le soleil briller sur la mer, et les mouettes chassées par le vent. Tomi avait passé la plus grande partie de sa vie à Vaujours, il ne savait pas qu'il y avait des oiseaux sur la mer, ni ce vent, ni cette lumière. Zinna était si étrange. Ç'était comme si elle sortait de la mer. Elle avait toujours ce manteau gris, le même qu'elle portait à son arrivée, en débarquant du bateau. Le matin, à cause du froid, elle serrait ses cheveux dans un châle noir, et son visage paraissait pâle, ses yeux étaient encore plus lointains, transparents.

Chaque jour, Tomi venait là, dans cette ruelle, il attendait qu'elle apparaisse. Il ne voulait rien voir d'autre de cette ville. Il ne voulait plus parler aux autres garçons, ni même à Lucien la Belette. Il regardait le manège des dealers, sur la petite place, qui attendaient la venue de Rosette. Puis il retournait vers la ruelle, parce que c'était l'heure où Zinna sortait de l'Opéra.

La ruelle était un corridor glacé. Les filles, les jeunes garçons s'en allaient vite. Personne ne faisait attention à Tomi. Il y avait aussi ce bar, avec des tourniquets de cartes postales et des souvenirs en coquillages. Tomi les regardait indéfiniment, en tournant le dos au vent.

Vers midi, les élèves sortaient en se bousculant, ils jaillissaient par la petite porte de l'Opéra, ils couraient dans la ruelle. Ils étaient habillés en anoraks et en jeans. Certains portaient des instruments de musique dans des étuis, des violons, des clarinettes. Il y avait de grandes filles sveltes aux cheveux courts, des jeunes filles avec des chignons de danseuses, en collant noir sous leurs manteaux. Tomi aimait bien les voir sortir de l'Opéra. Ils allaient chez eux. Ils avaient des parents qui les attendaient dans des voitures, il faisait si froid que les échappements faisaient des nuages de fumée. Si Tomi n'avait pas eu Zinna à attendre, il serait mort de froid, là, dans cette ruelle. Il ne savait même pas pourquoi il l'attendait. Il n'imaginait pas qu'il pourrait ne pas la voir, ne pas rencontrer son regard, son sourire. Il n'essayait pas de comprendre. Peut-être qu'il pensait qu'elle était la femme de ménage, qu'elle nettoyait les sols de l'Opéra, avec de l'eau de Javel, quand les élèves en anorak étaient partis.

Elle est entrée dans l'Opéra. C'était la fin de l'après-midi, un samedi, je m'en souviens. Il n'y avait presque personne dans la bâtisse, seulement le concierge sourd, et quelques élèves attardés. Dès que je suis entré, j'ai entendu sa voix. C'est étrange, c'est comme si je l'avais reconnue tout de suite, avant même de l'avoir vue. C'était une voix, comment dire? irréelle, céleste. J'étais attiré par sa voix comme si on me tirait en avant. J'allais à travers les couloirs, j'ouvrais les portes les unes après les autres, sur toutes ces salles vides. Tout à fait en haut des escaliers, au bout du couloir, il y avait une porte entrouverte. C'était une pièce dont les volets étaient toujours fermés, avec des fenêtres tournées vers la mer comme des yeux d'aveugle.

Je l'ai vue. Elle était debout, vêtue de sa robe informe, avec ces escarpins blancs à talons hauts qui donnaient l'impression que ses jambes étaient arquées. Sur une chaise, près de la porte, il y avait l'affreux manteau gris qu'elle avait plié avec soin, comme si elle était chez le docteur.

Ce que j'ai vu surtout, c'est son visage. Elle était tournée de trois quarts, et la lueur de l'ampoule électrique nue faisait une sorte de flamme au-dessus de sa tête. Elle chantait, seule devant le piano fermé, cet air de *Don Giovanni*, Donna

Elvira, *mi tradi quell' alma ingrata,* et tout était différent. Son regard maintenant était tourné vers moi, le vert de ses iris me brûlait, jamais je n'avais ressenti une telle émotion. Zinna chantait, comme si c'était pour moi, comme si elle était enfin arrivée jusqu'à moi, et que j'étais venu là où je devais, en suivant le fil de sa voix, à travers la solitude et l'amertume de ma vie.

C'est d'elle que je veux me souvenir, de sa voix surnaturelle. Comme était-elle arrivée? Je ne sais pas, je ne l'ai jamais su. Il me semblait que c'était elle que j'attendais, depuis toujours, que c'était elle pour qui j'avais vécu, le Conservatoire, les répétitions interminables, l'ennui de ces salles grises où j'enseignais le violoncelle, les concerts de routine. Je ne sais pas pourquoi, j'ai pensé à mon grand-père Chaïm. Il me semble qu'il l'a connue, elle, il me semble que c'est par lui qu'elle est venue jusqu'à moi, parce qu'il ne peut pas y avoir de hasard.

C'est étrange, je lui ai parlé tout de suite de mon grand-père Chaïm, qui était premier violon à l'Opéra de Mostaganem. Elle avait l'air si jeune, presque une enfant, malgré ses habits démodés. « Que voulez-vous, mademoiselle? » J'ai demandé cela d'abord, un peu rudement, parce que je ne voulais pas qu'elle se doute de mon émotion. Elle m'a dit qu'elle voulait apprendre à chanter, suivre des cours de chant. J'ai pensé la renvoyer au secrétariat, pour une inscription, j'ai failli dire – ou peut-être l'ai-je dit vraiment, – « vous savez, je suis très occupé, je ne peux rien faire pour vous ». Depuis que les huissiers ont emporté le piano Steinway de Juliette pour payer les créanciers, je n'ai pas d'autre endroit où pratiquer. Zinna, elle est restée à la même place, sous l'ampoule électrique. Je lui ai demandé où elle avait appris à chanter, je lui ai dit : « Chantez encore, je vous écoute. » Elle a chanté un air de *Lucie de Lamermoor,* et un air de l'*Italiana in Algeri*, et j'ai compris ce que j'avais su tout de suite, quand je montais l'escalier à sa recherche, que c'était bien elle que j'avais attendue depuis toujours, pour qui j'avais vécu la musique. Sa voix était facile et légère, elle entrait en moi, elle réveillait les plus anciens souvenirs. Après, elle m'a raconté qu'elle avait appris toute seule, autrefois, au Mellah, en écoutant les disques de son oncle Moché. Quand ils avaient dû partir, son oncle était mort, et elle avait quitté son père. Elle travaillait pour vivre, elle faisait des ménages, elle gardait des enfants. Elle n'avait jamais quitté son manteau gris.

C'est comme cela qu'elle était entrée dans ma vie. Chaque jour, en fin d'après-midi, quand l'Opéra était désert, elle venait dans la chambre aux volets fermés, pour une leçon de musique. Ensemble on répétait les grands airs, *Faust, Roméo et Juliette, La Bohème,* surtout les italiens, elle savait toutes les paroles, sans les comprendre, *Aïda, la Traviata, Il Trovatore.* Elle avait une belle voix. Quelquefois on chantait ensemble, le passage qu'elle préférait, c'était dans *Don Giovanni,* le dialogue entre Don Giovanni et Elvira, *Là ci darem la mano*:

« *Là ci darem la mano, là mi dirai di si.*
Vedi, non è lontano,
partiam, ben mio, da qui... »

Et Zerlina :

« *Vorrei, e non vorrei, mi trema un poco il cor,*
felice, è ver, sarei, ma puo burlarmi ancor, ma puo burlar mi ancor! »

Surtout, l'air d'Anna :

« *Non mi dir, bell'idol mio, che son io crudele con ti,*
tu ben sai quant io t'amai... »

Je voulais savoir des choses sur elle, je voulais connaître sa vie. Un jour, je lui ai posé des questions : « Est-ce que tu vis seule ? Est-ce que tu as quelqu'un ? » Elle m'a regardé de son regard froid, méfiant. Puis elle a cessé de venir, et je me suis aperçu que j'avais plus besoin d'elle, qu'elle de mes leçons, et ça m'avait fait mal, honte, ça m'avait empêché de dormir. J'avais besoin de l'entendre chanter *Là ci darem la mano.* C'était risible et insupportable. Moi, Jean André Bassi, violoncelliste à l'Opéra, à cinquante ans passés, marié à Juliette, tellement solitaire, vivant dans ce grand appartement vétuste de la rue de l'Opéra.

C'est Juliette qui a voulu qu'elle vienne vivre à la maison. Il y avait, sur le même palier, une chambre indépendante qui devait servir autrefois pour la domestique, et qu'on appelait « la chambre inondée » parce que l'eau y entrait chaque fois qu'il y avait un orage. C'est là que Zinna s'est installée, durant cette année extraordinaire et terrible qui a précédé sa disparition. Elle était dans une période difficile, elle n'avait plus d'argent, nulle part où aller. Elle avait rencontré Juliette à la maison, et elle lui avait tout de suite plu. Juliette était malade, ses crises d'asthme étaient de plus en plus rapprochées, de plus en plus fortes. Elle disait : « Jure-moi que tu ne m'enverras pas à l'hôpital, qu'on ne me mettra pas dans un poumon d'acier. » Elle m'a chargé de demander à Zinna de rester avec elle. « Comme ça, elle sera moins seule », ai-je dit à Zinna. J'avais peur qu'elle refuse, et en même temps, je n'arrivais pas à l'imaginer tout près, à chaque instant. Zinna a dit oui, très simplement. Un matin, elle est arrivée dans la chambre inondée. Elle n'avait rien d'autre qu'une petite valise, et son fameux manteau gris. Elle est venue accompagnée d'un jeune garçon que j'ai pris d'abord pour un gitan, sombre, avec de beaux yeux sans cesse aux aguets. Quand elle a vu que je le regardais, elle m'a dit son nom, un nom étrange : Gazelle. Elle a dit aussi :

« C'est un voleur, mais il est gentil. » Il l'accompagnait partout. Quand elle venait pour la leçon de musique, en fin d'après-midi, à l'Opéra, il s'asseyait par terre, dans le couloir, devant la porte, ou bien il restait sur les marches de l'escalier. Il ne voulait pas entrer dans la salle aux volets fermés.

Cette année-là était extraordinaire, brillante. Je m'en souviens, maintenant que plus rien n'existe. Même Juliette était transformée. Elle avait le regard plus vif, quand elle parlait de Zinna. Elle était pressée, impatiente. Sans cesse elle allait frapper à sa porte. Elles restaient ensemble des heures, elles se parlaient. Elles allaient se promener, elles faisaient des courses. Mais Zinna ne rentrait jamais chez nous.

Rien n'était comme avant. Zinna était sans cesse présente, même si je ne la voyais qu'au moment des leçons, ou parfois, au hasard, dans les rues voisines, dans les escaliers. Je ne comprenais pas ce qui m'arrivait. C'était peut-être de l'amour, du désir, mais alors je n'y pensais même pas. Pas un instant je n'avais imaginé cela. Peut-être que c'était elle, sa jeunesse, sa beauté, ou bien le son de sa voix, qui m'avaient envoûté, qui m'avaient lié.

Je me souviens, un après-midi de printemps, il pleuvait à verse. J'étais rentré fatigué par les répétitions, trempé jusqu'aux os. J'avais monté les escaliers, et elle était là, assise devant la porte. L'eau cascadait de la gouttière dans sa chambre, elle avait l'air désemparé. J'ai pris un seau et des serpillières, et tous les deux nous avons épongé le sol de sa chambre, essayé de colmater les fuites sous la fenêtre. A la fin, nous nous sommes assis sur le lit de camp, épuisés et trempés, et nous avons ri et parlé, comme s'il n'y avait aucune différence, que nous avions le même âge, que nous avions toujours vécu ensemble. C'était si simple, si facile d'être là, avec elle. Sa chevelure rouge brillait de gouttes d'eau. Elle parlait du Mellah, des marchés, le souk des tanneurs, le souk des forgerons, elle parlait des maisons, des fondoucs. Moi, je lui parlais de Mostaganem comme si j'y avais vécu avec mon grand-père Chaïm, des soirées où le théâtre brillait de toutes ses lampes. Je n'avais plus d'âge, Zinna n'avait plus d'âge. Tout était neuf et lumineux. L'orage continuait, la pluie cascadait sous la fenêtre, mais ça n'avait plus aucune importance.

Zinna était inscrite pour le concours. Elle répétait chaque après-midi, dans la salle aux volets fermés. Maintenant, il y avait des élèves qui restaient pour l'entendre. Quand elle chantait l'air de *Don Giovanni, Là ci darem la mano,* ou le récitatif, *crudele?* là, dans cette pièce vétuste où le soleil n'entrait jamais, il y avait de la magie, une force mystérieuse. Oui, c'était le bonheur, le désir qui s'épanouissaient dans cette pièce, qui anéantissaient le reste. J'attendais l'instant des répétitions avec une impatience grandissante. Plus rien ne comptait, mes propres essais au violoncelle, avec l'orchestre, m'ennuyaient. Les autres musiciens s'en rendaient compte. Ils savaient. Ils chuchotaient des choses. L'un d'eux, un flûtiste du nom de Santucci me prit un jour à part, il voulait me dire quelque chose, il n'y arrivait pas : « Mon vieux, il faut te ressaisir... Tu comprends, il ne faut pas te laisser aller. » Je l'ai regardé méchamment : « Me ressaisir? Me laisser aller? Tu me prends pour un objet trouvé? » Ils étaient inquiets, jaloux. Maintenant, je peux imaginer qu'ils étaient attirés, eux aussi, par la voix, par la flamme au-dessus de sa chevelure, par son regard transparent. Qu'ils avaient deviné, eux aussi, que ce ne serait pas toujours ainsi, que ça n'était qu'un instant, une vibration, un battement, et que le silence et le vide qui s'ensuivraient seraient encore plus terribles.

Maintenant, Zinna est partie. Elle n'a pas dit où elle allait. Elle ne s'est pas présentée au concours. Elle s'est effacée, simplement. Un soir, longtemps déjà après son départ, Juliette a eu une crise plus grave. Elle était allongée sur le carrelage, pâle, le visage creusé. Elle respirait mal, comme si son diaphragme devait soulever un poids terrifiant. Je l'ai trouvée là en rentrant de l'Opéra. Son regard brillait de souffrance et d'inquiétude.

« Est-ce que Zinna est là? » Elle a dit cela lentement, en me serrant la main de toutes ses forces. « Tu veux que je l'appelle? » J'ai dit cela comme on parle à un enfant malade, pour le calmer. Elle a secoué la tête. « Non, non, je veux seulement. » Elle me regardait avec une sorte d'étonnement, comme si ce qu'elle disait ne venait pas d'elle. Elle a dit: « Tu l'aimes. » Ce n'était pas une question. Je ne sais plus ce que j'ai dit, ce que j'ai fait. J'ai dû téléphoner à police-secours. Malgré mes promesses, j'ai laissé les infirmiers l'emmener à l'hôpital. Zinna n'est jamais revenue dans cette maison.

« Tu sais, Gazelle, quand j'étais toute petite, il n'y avait pas de plus beau quartier que le Mellah. »

Zinna commençait toujours ainsi. Elle s'asseyait sur la plage, et Tomi se mettait à côté d'elle. C'était généralement le matin. Le soir, elle disparaissait. Elle allait voir des gens, loin, à l'autre bout du monde, elle allait dans des restaurants qui brillaient comme des paquebots. Sur la plage, le matin, c'était bien. Les mouettes tourbillonnaient. C'était comme s'il n'y avait rien d'autre au monde, que tout pouvait durer une éternité.

« Alors, nous habitions une maison très vieille, étroite, juste une pièce en bas où couchait mon père avec mon oncle Moché, et moi j'étais dans la chambre du haut. Il y avait une échelle pour grimper sur le toit, là où était le lavoir. C'était moi qui lavais le linge, quelquefois Khadija venait m'aider, elle était grosse, elle n'arrivait pas à grimper l'échelle, il fallait la pousser. A côté de chez nous, il y avait la maison bleue. Elle n'était pas bleue, mais on l'appelait comme ça parce qu'elle avait une grande porte peinte en bleu, et des fenêtres à l'étage aussi étaient peintes en bleu. Il y avait surtout une fenêtre très haute, au premier, qui donnait sur un balcon rond. C'était la maison d'une vieille femme qu'on appelait la tante Rahel, mais elle n'était pas vraiment notre tante. On disait qu'elle était très riche, qu'elle n'avait jamais voulu se marier. Elle vivait toute seule dans cette grande maison, avec ce balcon où les pigeons venaient se percher. Tous les jours j'allais voir sa maison. De son balcon, je rêvais qu'on pouvait voir tout le paysage, la ville, la rivière avec les barques qui traversaient, jusqu'à la mer. La vieille Rahel n'ouvrait jamais sa fenêtre, elle ne se mettait jamais au balcon pour regarder. Peut-être que ça lui était égal de voir tout ça, peut-être qu'elle n'y pensait même pas. Peut-être qu'elle était triste, parce qu'elle n'avait personne avec qui partager le paysage. Elle avait toujours vécu dans cette grande maison, elle y était née, et quand son père et sa mère étaient morts, elle était restée seule. »

Zinna parlait lentement, comme si elle cherchait à se souvenir. Tout était si loin, perdu de l'autre côté de la mer. Tomi se serrait contre elle, sur la plage. Zinna mettait son bras autour de ses épaules. Jamais aucune fille ne l'avait serré comme cela. Il ne sentait plus le froid, ni la faim, il n'avait plus peur de l'avenir. Il ne retournerait plus jamais dans le Centre. La police ne le retrouverait pas, il saurait s'enfuir et se cacher. C'était pour ça qu'il s'appelait Gazelle.

Zinna parlait de sa ville, les ruelles qui descendent, les escaliers, les portes secrètes, les passages, et en bas, le grand fleuve avec la vague de la marée qui pousse les branches mortes et chasse les mouettes.

« Tu sais, Gazelle, le Mellah c'était le monde pour moi. Je ne sortais presque jamais du quartier, ou alors juste pour aller voir l'embarcadère, ou bien avec l'oncle Moché, dans les magasins. Quelquefois aussi on allait dans le cimetière, au-dessus de la mer. Mon oncle aimait bien les cimetières. Au Mellah, je connaissais chaque rue, chaque cour, chaque recoin des maisons. C'était tellement grand, et il y avait tant de monde qu'on pouvait naître et mourir là, sans jamais en sortir. Comme la vieille Rahel. Mon oncle Moché était tailleur, enfin, pas vraiment tailleur. Il avait une machine à coudre. De temps en temps, quelqu'un venait le voir avec un coupon de tissu : Moché, combien veux-tu pour me faire un complet avec ça? Moché secouait la tête : mon pauvre ami, tu parles d'argent, ou de temps? Parce que si c'est une question d'argent, je peux te faire ton complet pour rien, sans être payé. Là, mon oncle attendait deux ou trois secondes, pour juger de l'effet sur son interlocuteur. Puis, quand le client souriait, il coupait net : mais si c'est de temps que tu me parles, mon pauvre ami, je crois que tu aurais tellement à attendre que tu ferais mieux d'aller l'acheter tout fait, ton complet. Crois-moi, ce n'est pas de la mauvaise volonté, mais si tu voyais la montagne de travail que j'ai, tu t'en irais tout de suite au souk acheter ton complet. Mon oncle Moché, c'était un hâbleur, mais je m'amusais bien avec lui. C'était lui qui m'emmenait en promenade jusqu'au fleuve, ou au marché pour acheter des légumes. L'après-midi, il me faisait écouter ses disques d'opéra, il m'apprenait les paroles en italien, il chantait avec moi. Il m'emmenait aussi dans les fondoucs, pour écouter la musique des Andalous, et voir les danseurs tourner, ils avaient de grands ciseaux qu'ils grattaient en rythme, ils chantaient avec une voix aiguë, mon oncle les imitait bien. »

Zinna montrait à Tomi, sur la plage, elle dansait pieds nus sur les galets, en frappant dans ses mains, elle chantait les chansons andalouses avec une voix aiguë, étrange comme les cris des mouettes. Après, elle racontait encore, et Tomi se serrait contre elle, pour entendre sa voix résonner dans son corps.

« C'était bien, au Mellah, on n'était jamais seul. Il y avait du monde partout, tout le monde se connaissait, se saluait, se regardait. Quand je descendais vers le fleuve, par les escaliers, les autres enfants venaient avec moi, on se retrouvait à chaque coin de rue, on criait, on s'appelait : Fadel! Saïd! Salomon! Moussa! On allait jusqu'à l'endroit où la mer s'arrête, on jetait des pierres dans la vase, on regardait voler les mouettes, les courlis. On regardait l'embouchure du fleuve, avec les barques des pêcheurs et le soleil qui se couchait dans la mer, je me souviens, j'ai pensé que c'était ça le bout du monde, qu'il n'y avait rien au-delà. »

« Et ta mère, Zinna? »

« Ma mère est morte quand j'avais cinq ans, de la typhoïde. Je ne me souviens pas d'elle. Mon père, j'avais peur de lui, mais il ne m'a jamais battue. Mais c'était mon oncle Moché que j'aimais. Il était un peu fou. Il ne savait pas travailler. Mon père disait qu'il n'était bon à rien. Quand mon oncle se fâchait, il parlait en arabe, ou en italien, comme dans les opéras. Il disait : scellerato! perfido! crudele! Ça me faisait rire. »

« Mais il t'aimait, ton père? »

« Oui, il m'aimait bien, à sa façon. Mais il avait des problèmes d'argent. Et puis avec la guerre, c'était difficile. Les gens quittaient le Mellah. Ils ne savaient pas où aller. Les vieux ne voulaient pas s'en aller, il avaient toujours vécu là, ils ne pouvaient même pas imaginer comment c'était, en France. Mon oncle Moché ne voulait pas y penser. Un jour, il est revenu d'une promenade, il était inquiet. C'était à cause de la vieille Rahel, elle s'était fracturé le col du fémur, on l'avait emmenée à l'hôpital. Ses neveux étaient venus de France pour vendre sa maison. Elle ne pourrait plus y retourner. C'était ça qui bouleversait l'oncle Moché. Et quand on a dû partir, après l'indépendance, mon père a vendu tout ce qu'il avait, il a fait les valises et il a acheté les billets de bateau, pour tout le monde. Mais l'oncle Moché n'a pas supporté. C'était le début de l'hiver, il s'est couché, on a cru que c'était la grippe. Le bateau devait partir dans quinze jours. Il est mort le jour où on devait s'en aller, ou peut-être le jour d'après. Moi je savais que c'était parce qu'il ne voulait pas partir. Alors mon père a fait l'enterrement, et on a pris le bateau d'après. »

Tomi se serrait contre Zinna, il écoutait sa voix dans sa poitrine. Il pensait qu'il avait été là-bas, lui aussi, dans cette ville blanche avec des portes bleues, avec ces escaliers, ces passages, et la rivière, l'embarcadère, et le cimetière au-dessus de la mer, les murs ocre, les portes qui avaient des noms si beaux, la Porte du Retour, la Porte du Vent. Pour ça, il ne voulait plus rentrer au Centre, dormir dans le dortoir avec les autres garçons, entendre leurs bruits obscènes et sentir leurs odeurs, surtout maintenant que Lucien la Belette était parti vivre ailleurs, chez des gens, très loin, en Alsace.

« Tu sais, Gazelle, au Mellah, il y avait des enfants partout, dans la rue, dans les boutiques, aux carrefours à côté des fontaines, sur les rives du fleuve, ils restaient assis à regarder les barques. Partout, il y avait des enfants qui jouaient, qui parlaient, ils te parlaient, ils t'appelaient par ton nom quand tu passais... »

Tomi fermait les yeux, comme pour dormir.

La nuit, Tomi attendait devant l'immeuble moderne, sur la colline. Quand Zinna rentrait seule, il entrait avec elle. Son appartement était tout blanc, presque sans meubles, juste des coussins par terre. C'était extraordinaire, comme dans un film. Pour dormir, Zinna mettait une longue chemise blanche. Tomi se couchait contre elle, pour avoir chaud. Dans le noir, elle lui parlait encore du Mellah, et des cimetières. Tous les cimetières où elle allait, si beaux, si calmes, avec les tombes des pauvres et les dalles de pierre des riches sur lesquelles étaient gravés leurs noms, et l'herbe qui poussait. Il y avait des écureuils qui habitaient dans les tombes. On entendait la rumeur du vent, la mer sur les récifs. Quelquefois, le vendredi, les familles venaient, avec les vieux qui récitaient des prières, ils marmonnaient, ça faisait un bruit de guêpes. Autrefois, Tomi avait peur des cimetières, mais maintenant, à cause de Zinna, il allait souvent dans le cimetière en haut de la ville. Quelquefois, Zinna allait avec lui, ils marchaient entre les tombes, ils lisaient les noms, et puis ils s'asseyaient tout à fait en haut, là où on voyait la mer, et les cargos lents qui avançaient le long de l'horizon.

La nuit, il écoutait parler Zinna. Il l'entourait avec ses bras. Il sentait la chaleur de son corps, sa verge devenait dure. Le désir lui faisait mal, comme une brûlure. Mais il n'osait pas bouger, de peur de rompre le charme. Il avait peur que Zinna le renvoie dans la nuit, et il faudrait à nouveau courir pour échapper aux policiers. Alors il restait immobile, tendu, il écoutait le souffle de Zinna. Quand son souffle devenait régulier, il murmurait : « Tu dors? » Elle ne répondait pas.

Alors Zinna était déjà la maîtresse d'Orsoni. Tomi le savait. Rosette parlait de ça, un jour, dans le bar où il se pavanait. Tomi le haïssait. Mais il ne voulait pas y penser. Peut-être qu'il avait peur de ce qui allait arriver.

Si belle, Zinna, dans sa robe écarlate, quand elle entrait dans le hall de l'hôtel Martinez, accompagnée du clignotement des flashes des photographes, traversant la foule jusqu'au grand escalier, et la lumière brillait sur ses épaules, embrasait sa chevelure, allumait les diamants de son diadème, le seul cadeau qu'elle avait accepté d'Orsoni. Un peu en retrait, comme entraîné dans son sillage, Orsoni, son visage jaune, ses cheveux coupés en brosse, cet air de bonté apaisée que montrent parfois les fripouilles et les politiciens parvenus au sommet de leur carrière, et qui n'ont plus rien à désirer que le reflet d'honorabilité que leur font miroiter les journalistes.

Ils étaient présents, justement, en un ballet incessant de photographes qui accompagnaient Zinna dans sa marche triomphale. Comme elle souriait sans répondre, c'était à l'homme d'affaires qu'ils adressaient leurs questions : « Maître! S'il vous plaît! Un mot sur vos projets! Quelle est votre position dans l'affaire Darnay! Maître! » Orsoni, d'un geste impatient, chassait ces insectes puis, condescendant, avant de franchir le seuil prestigieux : « Messieurs! *Hic non est locus.* » Et il disparaissait dans le hall de l'hôtel, tandis que les reporters éberlués se répétaient la formule en l'écorchant.

Zinna, nul n'aurait pu reconnaître ce qu'elle était, cinq ans auparavant, quand elle entrait par la petite porte de l'Opéra, vêtue de son manteau redingote gris, avec ce regard transparent et lointain des enfants perdus. Aujourd'hui, dans le hall de l'hôtel, son regard était du métal dur, et la lumière brillait sur son visage et sur ses épaules comme sur une coque.

C'était elle que je voulais voir. Depuis qu'elle était partie, un jour, sans dire où elle allait, je l'avais cherchée. Après la maladie de Juliette, j'étais dans un état de choc, je ne savais plus ce que je faisais. J'errais dans les rues, la nuit, dans l'espoir d'apercevoir Zinna, au hasard, comme un éclair, dans une voiture qui passe, dans un reflet. J'avais même demandé à une agence de filature (l'air goguenard du détective quand il examinait la photo). J'avais mis des annonces dans les journaux. Et un jour, dans un magazine de mode, sur cette photographie. Semaine après semaine, j'avais remonté la piste. Dès que les leçons de musique étaient finies, ou bien entre midi et trois heures, entre les répétitions, j'allais à l'hémérothèque. C'était la fin avril, le concours approchait. Il y avait une chaleur lourde dans l'air, quelque chose d'électrique, les orages éclataient en fin d'après-midi, inondant la chambre qui était restée vide depuis le départ de Zinna. Depuis que Juliette était revenue de l'hôpital, elle était sans courage. Avec elle, je ne parlais jamais de ce qui s'était passé, ni de cet après-midi où j'étais entré dans la chambre de Zinna. C'était si lointain, c'était vieux comme un rêve à demi oublié.

Le festival lyrique approchait. Il fallait que tout soit fini avant, que je sache tout. Zinna serait là. Tout le monde parlait d'elle, et d'Orsoni. C'était lui qui avait propulsé Zinna, comme d'autres avant elle. L'argent, les relations, le monde du spectacle s'était ouvert devant elle. La nouvelle déesse avait commencé son ascension. Dans la salle sombre de l'hémérothèque, je ne pouvais détacher mon regard de la photo de l'Opéra de Vienne, ces anneaux de lumières entourant la scène, et l'étoile ouverte sur le plafond. C'était cela dont Zinna avait rêvé, sûrement, autrefois, quand elle travaillait dans la solitude de la pauvreté, quand elle montait l'escalier jusqu'à la chambre aux volets fermés. Elle ne pensait pas aux femmes qu'Orsoni avait façonnées avant elle, celles à qui il avait tout appris, jusqu'à leur propre nom, et qui ensuite étaient tombées : retournées à leurs machines à écrire, à leurs séances de pose, à leurs expédients, ou bien plus bas encore, devenues entraîneuses, strip-teaseuses, taxi-girls. Et maintenant, on parlait aussi, à mots couverts, de celles qui étaient tombées vraiment. Après ces mois de fête, la rupture avait été insupportable, elles n'avaient pas supporté le vide. On parlait d'elles comme d'absentes, comme de mortes.

C'était cela qui me serrait le cœur. Au lieu de préparer les concours, les répétitions, avec une hâte fébrile je feuilletais tout l'après-midi les quotidiens, les revues, à la recherche de Zinna, fuyant jour après jour sur des traces incertaines.

Elle apparaissait, tout au début, sur le yacht de Maître Orsoni, le *Dedalus*. Le *Spiegel* la montrait, de profil, avec un riche industriel allemand, lors de l'inauguration d'un hôtel à Amsterdam. Dans une revue suédoise, elle était photographiée devant un voilier de compétition construit par les chantiers de Turku, en Finlande. Sur certaines de ces photos, en retrait, toujours souriant de son air rassurant d'honnête homme, je repérais la figure d'Orsoni. A côté de lui, on distinguait son lieutenant, un jeune Italien du nom de Pagnoli, qui, selon ce que disait la rumeur, était attaché à son maître par des liens qui n'avaient rien d'amicaux. Pagnoli avait défrayé la chronique quelques années auparavant, lors de l'assassinat du sénateur Rabam, un psychiatre proche du pouvoir, poignardé dans sa baignoire comme Marat. Pagnoli avait été le suspect numéro un, puis l'accusé au centre d'un procès retentissant, avant d'être innocenté par un non-lieu arraché à la force du poignet par Maître Orsoni. Depuis, des journalistes malintentionnés avaient changé son nom en Pugnale, et l'on disait qu'il était devenu le factotum de celui qui l'avait sauvé de la prison.

Dans *La Stampa*, j'avais lu un bref article sur le rôle que Zinna devait tenir dans la version filmée de l'*Otello* de Verdi, mis en scène par Ettore Scola et coproduit par Orsoni. Le film devait être tourné à Vienne, à Rome et en Tunisie. L'été suivant, elle apparaissait à Venise, à Bologne, à Rome. C'était vide, terrifiant, son visage illisible, ses yeux absents. Maintenant, sur la plupart des clichés, elle portait d'immenses lunettes noires qui mangeaient son visage, et une robe noire qui la faisait paraître encore plus mince, plus frêle. C'était un tourbillon qui l'emportait à travers le monde, dans la nuit, de lumière en lumière, brûlant son visage, ses yeux, sa voix.

Au bout de sa route, il y avait le festival où j'étais venu. Je l'ai vue, un instant, perdu dans la foule qui se pressait aux marches de l'hôtel. Je voulais crier son nom, mais ma gorge restait nouée. De toute façon, est-ce qu'elle m'aurait entendu? Juste un éclair, sa robe rouge sombre, l'éclat de feu de sa chevelure, la blancheur irréelle de ses épaules. Son visage lisse, lointain, fatigué comme celui d'une enfant. Les photographes me bousculaient, me repoussaient en arrière. Déjà d'autres femmes arrivaient, montaient les marches de l'hôtel, les flashes crépitaient. J'avais la nausée. Dans un café, près de la gare, alors que la pluie recommençait à tomber, j'ai commencé à écrire une lettre. Je voulais la remettre au concierge de l'hôtel. Sur la feuille blanche, ne sachant pas quoi écrire, j'ai mis les premiers mots du duettino qu'elle chantait avec moi, autrefois, dans la chambre aux volets fermés, tandis que je l'accompagnais au piano :

« *Là ci darem la mano, là mi dirai di si*
Vedi, non è lontano, partiam, ben mio, da qui.
– Vorrei, e non vorrei, mi trema un poco il cor,
felice, è ver, sarei, ma puo burlarmi ancor... »

Mais j'ai arrêté là ma lettre. Je l'ai froissée en boulette, je l'ai jetée, et je suis parti sous la pluie, dans toutes ces rues combles, ces rues où il n'y avait personne.

Pâle, maigre, dans sa robe noire. Zinna ne bougeait plus de l'appartement, dans l'immeuble neuf en haut de la colline. Quand Tomi est revenu là, après toutes ces années, il a eu peur, parce que c'était devenu si vide. Rien n'avait changé vraiment, mais c'était l'abandon, la solitude. Zinna dormait sur un matelas de plage qu'elle déroulait chaque soir à même le sol, et qu'elle roulait le matin pour le cacher dans un placard. Autour d'elle, sur de grandes feuilles de papier, elle dessinait avec des feutres de couleur d'étranges dessins faits d'étoiles et de cercles concentriques. « Ce sont des visages, tu les vois bien, Gazelle? Il y a tellement de visages, tout le temps, ils mangent ta vie, ils mangent tes yeux. »

Elle avait un pick-up en mauvais état, genre Teppaz, sur lequel elle passait à longueur de journée de la musique douce, des bongos, du xylophone, des steelbands. Elle faisait du thé. Elle le préparait à la mode de son pays, dans une théière en fer-blanc avec un chapeau pointu surmonté d'un bouton rouge en forme de cerise confite. Elle fumait beaucoup, des cigarettes anglaises, ou de l'herbe, de la Marie-Jeanne. Avec Tomi, elle ne parlait presque pas. Elle avait de temps en temps un drôle de rire étouffé. Elle avait des rides amères autour de la bouche. Tomi n'osait plus se serrer contre elle, comme autrefois. Il n'osait plus prendre sa main. Il y avait si longtemps, peut-être qu'elle ne s'intéressait plus à lui. Il était trop grand.

Elle avait dû commencer à se shooter quand elle vivait avec Orsoni. Un jour, Tomi est entré, elle était en peignoir, dans la salle de bains, penchée sur le lavabo. Tomi a cru d'abord qu'elle s'était blessée. « Qu'est-ce que tu as? Tu t'es fait mal? » Elle s'est retournée, elle avait cette drôle d'expression sur son visage, de la souffrance, de la peur. C'était horrible. Tomi est resté immobile. Elle est passée devant lui, le sang coulait le long de son bras, dégoulinait sur le carrelage blanc. Elle faisait une vilaine grimace. « Je me suis ratée. » Elle s'est littéralement laissée tomber par terre, contre un mur. Son peignoir était ouvert sur sa poitrine nue, Tomi voyait nettement ses côtes. Puis une sorte de nuage est passé sur son visage, elle respirait profondément, comme quelqu'un qui a plongé.

Tomi n'a pas parlé de ça. Il ne voulait pas y penser. Il sentait la honte, la colère. C'était à cause des places où les gens traînent la nuit, à cause des coins de porte, des couloirs vides, des filles paumées, des gosses qui reniflent la colle entre deux voitures. C'était un vide qui aspirait, qui engouffrait.

Quand il avait retrouvé Zinna, après toutes ces années, ça n'était pas le hasard. Un moment il l'avait cru. Elle marchait dans la rue, vers lui, avec ces lunettes noires qui mangeaient sa figure. Son cœur s'était mis à bondir dans sa poitrine. Il avait appelé : « Zinna! » Il avait couru jusqu'à elle. Elle l'avait serré contre elle. Mais il était si grand maintenant que c'était le visage de Zinna qui s'appuyait contre sa poitrine. Un moment il avait cru que tout allait recommencer comme autrefois, quand ils marchaient sur la plage au milieu des mouettes, ou quand ils s'asseyaient sur une tombe, et qu'elle parlait du Mellah.

Mais Zinna n'allait plus à la plage. La lumière du soleil l'éblouissait, lui donnait le vertige. Elle ne sortait que le soir, pour acheter des cigarettes, des trucs à manger, de la bière. Elle portait tout le temps ses lunettes noires et des robes à manches longues.

Plusieurs fois par semaine, elle allait la nuit du côté de la gare. Elle cherchait les petits dealers. Rosette disait « la femme blanche », avec un ricanement de mépris. Tomi connaissait bien Rosette. Jamais il n'aurait voulu travailler pour lui. Zinna allait le chercher dans les bars autour de la gare. C'était à vomir. Tomi tombait dans un trou noir. Tout devenait faux, mensonge, grimace. Les vieux souvenirs étaient des bobards, tout disparaissait devant le nouveau visage de Zinna, cet air âpre qu'elle avait parfois, ce regard affamé, comme quelqu'un qui se perd, qui trompe les autres. Non, ce n'était pas le hasard qui l'avait guidée. Le hasard, c'était comme la musique, ça ne pouvait plus exister avec cette faim qui rongeait son cœur. A quel moment avait-elle commencé sa chute? Tomi essayait de se souvenir de son corps, de ses bras, de la saignée des coudes, de ses pupilles. Peut-être qu'elle avait déjà commencé, quand ils se voyaient chaque jour sur le chemin de l'Opéra. Orsoni la tenait déjà, il l'avait déjà liée, sur son maudit *Dedalus*, avec cette gouape de Pugnale, tous ces fêtards, ces gens à la dérive, qui allaient de port en port, à Trieste, à Venise, à Istanbul.

Une fois, elle a parlé des cinq ans pendant lesquels elle avait vécu sur le bateau d'Orsoni. Elle a parlé de l'Italie, de la Grèce. Elle racontait tout ça comme si elle l'avait imaginé. Tomi était assis, pas comme autrefois sur la plage, mais sur le parquet de la grande pièce vide, devant la fenêtre, en regardant le soleil suivre sa courbe au-dessus des immeubles. Il avait envie de se serrer contre elle, comme il faisait alors, pour sentir son cœur battre et entendre sa voix résonner dans sa poitrine. Mais il avait mal, à cause de la jalousie, parce qu'il haïssait cet homme puissant qui avait pris Zinna à son piège. Pourtant, il aimait l'entendre parler de ses voyages, de la mer : « Tu sais, Gazelle, toujours les dauphins faisaient la course avec notre bateau. Je me mettais tout à fait à l'avant, contre le mât, on allait vers la Grèce, la mer était lisse, calme, sombre, belle. Quand les dauphins sortaient de l'eau, tout près, ça faisait un bruit, tu ne peux pas imaginer, ça donnait le frisson. Ensuite, le bateau est arrivé devant la ville d'Athènes, on voyait toutes les maisons, les immeubles, les collines avec les temples. Les dauphins alors sont repartis en arrière, ils n'aimaient pas le bruit de la ville. Ils sont retournés vers le centre de la mer... »

Elle n'avait plus d'argent. Elle n'avait que la clef de cet appartement, Orsoni avait payé pour un an. Rosette ne voulait plus la fournir. Partout on savait qu'Orsoni l'avait laissée tomber. Dans un bar, près de la gare, quand il avait fini de décharger les camions, Tomi avait rencontré Rosette. Rosette lui avait dit : « Qu'est-ce que tu fous avec cette fille? Elle est paumée, elle va finir chez les dingues. » Tomi l'avait repoussé d'une bourrade. Il haïssait Rosette, il haïssait le monde entier. Dans les rues, il courait jusqu'à la nuit. Il travaillait à la gare, puis il allait dans les bars qui ne fermaient pas. Il y avait des clochards, des somnambules. Tomi ne voulait pas rentrer dans l'appartement. Il appréhendait de voir Zinna assise contre son mur, si pâle, les yeux si vides.

Un médecin lui avait donné des médicaments, ça la calmait, elle n'avait pas l'air de souffrir, mais son regard n'accrochait plus la lumière. Tomi lui apportait de la nourriture, du pain, des fruits. Elle ne touchait à rien. La seule chose qu'elle acceptait, c'étaient les oranges. Tomi les coupait en deux, après avoir enlevé l'écorce. Elle suçait la pulpe. Elle était si faible qu'elle devait s'appuyer au mur pour marcher dans l'appartement. Tomi l'accompagnait partout, même pour l'asseoir sur la cuvette des W.-C. Elle se laissait faire comme un enfant. La nuit, il l'allongeait sur le matelas de plage, il l'enveloppait dans une couverture. Elle grelottait de froid. Lui était si fatigué qu'il s'endormait le matin, couché par terre, la tête appuyée sur son coude. Quand il se réveillait, à midi, son cœur battait, il avait peur que Zinna ne soit morte. Il lui parlait, il répétait: « Zinna, réveille-toi, Zinna, Zinna, s'il te plaît! » Jusqu'à ce qu'elle entrouvre ses paupières et qu'elle le regarde. Mais elle ne parlait pas.

Une nuit, pourtant, il s'est réveillé, la gorge serrée. Il a eu beau lui parler, la secouer, elle n'a pas voulu ouvrir les yeux. « Zinna, Zinna, s'il te plaît! » Il ne savait plus quoi faire. Il avait mal dans la poitrine. Il a couru en bas de l'immeuble, à la recherche d'un téléphone qui ne soit pas démoli. Le médecin SOS est venu, il a regardé les yeux de Zinna. Il a regardé les uns après les autres les flacons de médicaments vides. Alors il a fait venir une ambulance, et ils l'ont emmenée.

C'était un rêve, ou un cauchemar, entre les deux. Tomi n'était plus retourné dans l'appartement, dans l'immeuble neuf en haut de la colline. Il allait dans la petite rue où il avait rencontré Zinna, autrefois. C'était si loin qu'il ne se souvenait plus si c'était vrai ou faux. Il était même entré dans l'Opéra, il avait monté l'escalier où il s'asseyait pour écouter chanter Zinna. Il aurait voulu entendre à nouveau sa voix, si légère et irréelle, qui emplissait toutes les salles vides. Il était allé jusqu'à la chambre aux volets fermés sur la mer, avec cette ampoule électrique nue qui brûlait au-dessus de ses cheveux. Mais l'Opéra était désert. Dans la chambre, le piano était poussiéreux. Il y avait longtemps que plus personne ne l'avait touché.

C'était la fin de l'hiver. Dans quelques jours, le printemps serait là. Il y avait déjà du monde dans les rues, des filles en robe claire, des garçons en polo. Sur les placettes, les enfants couraient et jouaient au ballon, sans s'occuper des dealers, des trafics, des rendez-vous. C'était comme ça pour lui, autrefois. Quand il s'échappait de la famille Herbaut, à Vaujours, rien n'avait d'importance. Le mal, c'était les autres, les grands, ceux qui allaient trop loin et qui tombaient de leur haut. Dans le quartier de la gare, Tomi a croisé Rosette. Il a détourné les yeux, comme s'il n'existait pas. Il ne connaissait plus personne dans cette ville.

A l'hôpital, Zinna partageait une chambre avec six autres femmes. Son lit était à côté de la fenêtre. A travers les barreaux on voyait un palmier et le ciel bleu. A côté d'elle, il y avait une vieille grand-mère qui s'appelait Sophie. Elle avait essayé de se suicider. Elle avait attaché le cordon de sa robe de chambre à la tringle des rideaux, elle avait mis le nœud autour de son cou, et quand elle avait sauté de l'escabeau, la tringle s'était décrochée en cassant un carreau. Alors on l'avait emmenée, et on l'avait mise là, à côté de Zinna.

Quand Tomi est venu, elle a dit : « C'est ton amoureux? Mais c'est encore un poussin! »

Dans le lit blanc, avec ses cheveux attachés par une barrette, et sa chemise propre, Zinna avait l'air d'une petite fille. Tomi s'est assis sur la chaise, à côté du lit. Il ne parlait pas. Il ne voulait pas qu'elle parle. C'était comme au début, tout à fait au début, quand ils se croisaient dans la ruelle, devant l'Opéra.

Il attendrait. Il avait tout le temps, maintenant. La nuit, il allait travailler au marché-gare, à charger et décharger les camions. Le jour, il restait avec Zinna, il la regardait, il l'écoutait respirer. Il tiendrait sa main longue et fine, pour sentir sa chaleur. Il n'y aurait plus d'hôtels à Amsterdam, ni de bateaux, ni d'îles en Grèce. Il ne laisserait plus personne détruire Zinna, sa voix, son regard.

« Emmène-moi, Gazelle, je voudrais tellement retourner chez moi, être enfin chez moi. » Elle avait dit ça un jour, quand elle était malade, avant qu'on ne l'emmène à l'hôpital. Elle était si faible qu'elle ne pouvait plus marcher, plus manger, plus dormir. Le vide était en train de la dévorer.

Maintenant, Tomi savait bien ce qu'il ferait. Un jour, ils marcheraient ensemble hors de l'hôpital, comme s'ils allaient au bout de la rue, juste faire un petit tour avant la nuit, et revenir à l'heure du repas. Au bout de la rue, il y aurait encore une rue, encore une autre. Il y aurait des routes à travers la campagne, des champs, des herbes et des coquelicots. Ils continueraient à marcher, sans se retourner. La nuit serait magnifique, avec des pluies d'étoiles. Comme ils ne sauraient pas où aller, Tomi conduirait Zinna jusqu'à Vaujours. C'était son vrai pays, les terrains vagues entre les immeubles, les collines, les petites maisons régulières. Il lui montrerait la maison des Herbaut, comme s'il y était né. Ensuite ils iraient jusqu'au canal de l'Ourcq, voir glisser lentement les bateaux. Ce serait l'été, il ferait chaud, ils pourraient dormir dehors, contre un talus. Ensemble, ils ne se perdraient jamais. A nouveau, il se serrerait contre elle, il écouterait sa voix dans sa poitrine, pendant qu'elle parlerait encore de sa ville lointaine, aux ruelles étroites, aux maisons très blanches avec leurs portes bleues, et même de la fenêtre au balcon arrondi où la vieille Rahel ne viendrait jamais voir la mer.

La saison des pluies

Est-ce qu'il pleuvait sur la rade, ce jour de février 1929, quand Gaby Kervern est montée dans la pirogue qui emmenait les passagers jusqu'au *Britannia*? Sur le grand navire, déjà l'île semblait lointaine, ses pitons s'effaçaient dans les nuages. Il y avait des gens sur les quais, sous leurs parapluies noirs. Partir était une délivrance. Sur son visage, sur son corps, Gaby sentait une lumière nouvelle, violente, pareille à son désir de vivre. Déjà elle oubliait. Elle ne pensait plus à ce qu'avait été sa vie jusque-là, son enfance, la pauvreté dans la maison de bois de Vacoas, la mort de son père.

Est-ce qu'elle pensait à Claude Portal, Ti coco comme on l'appelait, quand ils allaient vagabonder à travers les cannes, ou bien sous la pluie jusqu'à la grande Mare aux Vacoas, pour épier les Indiennes en train de se laver les cheveux? Maintenant, elle est comme devant la fenêtre du temps, ouverte sur un ciel sans limites, sur une mer sans fin. Elle ne peut plus entendre le bruit des trains qui manœuvrent dans le fossé de la voie ferrée, ni les camions qui roulent dans la rue, ni ces rumeurs qui montent d'étage en étage, qui entrecroisent leurs liens insignifiants. Elle entend seulement la musique de la pluie sur les toits de tôle, les ruisseaux qui coulent sur la terre rouge, elle sent le frémissement des feuilles, le vent, le frisson qui avance sur les champs de canne.

Ti coco, on lui avait donné ce sobriquet, personne ne savait pourquoi, peut-être à cause de la ritournelle, *ti la soif, ti coco*, parce qu'il était si petit et si gentil, avec son visage épais de cafre, ses yeux fendus, et cette drôle de façon qu'il avait de trottiner derrière Gaby, comme un chien. Il n'avait qu'un an de moins qu'elle, mais elle lui parlait comme s'il était le plus petit de ses frères. Elle l'emmenait partout. Elle lui commandait, et il faisait tout ce qu'elle disait, tout de suite, sans hésiter. Un jour, elle s'en souvient peut-être, elle lui avait dit : « Ti coco, vole-moi des mangues. » Il avait escaladé le haut mur de la propriété Valens, sur la route de Plaines Wilhelms, et il avait rapporté les mangues. Les chiens avaient lacéré son pantalon et sa jambe saignait, mais son visage était tout éclairé et ses yeux brillaient comme deux fentes noires. C'était l'année de ses douze ans, jamais Gaby n'avait vécu une année aussi libre. Son père était déjà malade, il restait toute la journée à la maison, enfermé dans sa chambre, et Gaby courait les routes des Quinze Cantons.

Et puis, brusquement, avec la cruauté bouleversante des filles, Gaby n'avait plus voulu de lui. Ti coco ne comprenait pas. Il venait tous les jours l'attendre dans la rue, un peu loin, comme s'il avait honte. Gaby l'évitait, passait par-derrière, elle rusait, elle se sauvait. Il y avait une fille étrange avec elle, Ananta, une Indienne en sari rose, qu'elle avait rencontrée en se baignant à la rivière. Maintenant, c'était elle son amie. C'est avec elle que Gaby allait se baigner près de la cascade. Toute une année, elle a vécu avec elle, chaque jour. Elles allaient à la rivière, elles marchaient sur la route, abritées sous le même grand parapluie noir. Avec Ananta, elle a mis des fleurs sur l'autel de la déesse Lakshmi, dans le creux de l'arbre Peepul. Ensemble elles partaient sur les chemins, jusqu'à la rivière, elles parlaient, elles riaient. Lui n'existait plus. Cela dura cinq années, au long desquelles Ti coco resta dans l'ombre, espérant un impossible retour. Tout le monde savait. Ses amis se moquaient de lui, lui jouaient des tours. Gaby ne lui parlait même plus. Quand elle le croisait, avec l'Indienne au sari rose – ce n'était jamais le hasard –, sur la route du collège, ou bien dans les rues de Curepipe, elle ne détournait pas la tête. C'était bien pire : elle le regardait, le bleu de ses iris transparent d'indifférence.

Ti coco n'avait plus la figure aussi large, ni les yeux aussi fendus et brillants. Il était devenu un adolescent triste, avec un corps chétif et une grosse tête, une allure de sang-mêlé pauvre. Il travaillait dans le magasin de tissus de son père à Curepipe.

Quand le père de Gaby est mort, Ti coco a cru que les choses allaient changer. C'était après la scène terrible de la mise en terre. Gaby s'était appuyée contre lui, son visage tout gonflé par le chagrin. Il avait senti à nouveau l'odeur si douce de ses cheveux, la chaleur de son corps. Elle s'appuyait contre son épaule, elle pleurait. Elle parlait avec une drôle de voix, en créole comme autrefois quand ils se perdaient dans les champs de canne brûlants, en été, du côté des Quinze Cantons, une drôle de voix presque gaie, comme si elle avait retrouvé son âme d'avant. Lui n'osait rien dire. Son cœur battait à lui faire mal. Il était plus malheureux qu'elle. Peut-être qu'il avait deviné que c'était la dernière fois.

Un mois plus tard, Gaby s'est embarquée pour l'Europe.

C'est comme cela que je la vois, quand elle est arrivée à Bordeaux pour la première fois, en débarquant du paquebot *Britannia*, au cours du mois de mars 1929. Elle avait dix-huit ans, elle ne connaissait rien de ce pays. Tout allait commencer. Elle était ambitieuse, ardente. Elle était éblouissante de beauté, grande, avec le teint hâlé des créoles, et cette masse de cheveux noirs qui contrastait avec le bleu de ses yeux. À la mort de son père, il ne lui restait rien. Sa mère était morte à sa naissance. Sa tante Emma, qui l'avait recueillie à Curepipe, s'était facilement laissé convaincre que Gaby devait partir pour l'Europe. Il n'y avait pas de place pour Gaby dans cette île. Elle détestait tout ce qui lui rappelait son enfance, la pauvreté, la solitude, la maladie. Elle détestait la chaleur lourde des lagons, la végétation qui envahissait les jardins, l'ondoiement lent des Indiennes en sari. Ce qu'elle haïssait par-dessus tout, c'étaient les fièvres et les cyclones. Plus tard, quand elle en parlait, Gaby les confondait dans un même frisson d'horreur, la pesanteur de l'air, le silence qui précédait le déferlement du vent et de la pluie, et le trouble glacé qui envahissait son corps avant la montée de la fièvre.

Gaby était montée à bord du *Britannia*, et elle n'était sortie de sa cabine que lorsqu'elle avait été sûre que l'île n'était plus qu'une vague brume bleue accrochée à l'horizon, quelque part à l'est, là où commençait la nuit.

Sur le *Britannia*, Gaby avait passé un mois extraordinaire, dans l'insouciance et le luxe des grands salons, sur les ponts lumineux des premières, regardant les couchers de soleil sur la côte d'Afrique, le scintillement de la lune sur la mer, à l'Équateur. Elle s'échappait de la cabine des troisièmes et à la garde des deux vieilles jumelles pimbêches à qui sa tante l'avait confiée, pour aller visiter les premières, grâce à la complicité d'un lieutenant en uniforme blanc.

C'est comme cela que je l'imagine, si belle, attirante, dans sa robe légère en coton bleu à col blanc, qu'elle avait agrémentée d'une ceinture achetée en cachette au bazar de Port-Louis, ses cheveux noirs coiffés en chignon sous un chapeau de paille à larges bords. Parlant avec tout le monde, dans les salons qui tanguaient lentement, ou bien assise sur une chaise longue et regardant le sillage qui s'écartait sur la mer, dans la brise légère de la fin de l'après-midi. Rêvant peut-être à ce qu'allait être sa vie, dans ce pays mystérieux dont elle ne savait rien, Bordeaux, rêvant à ce qui l'attendait, Henriette, la cousine de sa mère, Paris, le Champ-de-Mars (le vrai), le théâtre, l'opéra, les grands magasins, les voyages en train au bout du monde.

C'est comme cela que je veux la voir, encore, telle qu'elle était, quand elle a descendu la coupée du *Britannia*, dans le froid de l'hiver français, apportant avec elle la lumière et la douceur de son île, le bleu magique de la mer des Indes, l'éclat de l'écume sur les récifs, les forêts, les lames brillantes des cannes, le chant des oiseaux. Elle devait avoir cela en elle, comme une grâce, qui éblouissait tous les hommes. Alors pour elle la vie était une fête, une promesse. C'était cela que l'on cherchait en elle, qu'on voulait lire : la jeunesse comme si elle était éternelle, la gaieté, la liberté créoles, qui transparaissaient dans sa voix, dans son accent chantant. Elle le savait, et elle s'amusait de ce charme. Elle chantait volontiers des chansons créoles, en s'accompagnant elle-même au piano, dans les salons de Bordeaux où on l'invitait. Ceux qui l'ont connue à cette époque n'ont pas oublié sa voix, quand elle chantait ces chansons un peu tristes, qu'elle rythmait avec ses pieds nus, dansant quelquefois en imitant le déhanchement des femmes de son pays, et leur accent dans cette langue étrange où les mots devenaient autres.

C'est durant ces années-là qu'elle a rencontré Jean, qu'ils

se sont fiancés. Lui, c'était un garçon plutôt renfermé, avec un joli visage de fille, un teint très clair, et ce nom en une seule syllabe énergique, Prat, qui n'allait pas avec son caractère timide. Il terminait des études de droit à Paris, et voulait devenir avocat. Mais sa famille avait prévu un autre avenir, et comptait bien qu'il reprenne en main la manufacture de robinets et de clapets dont il avait hérité à la mort de son père. C'est alors qu'il avait rencontré Gaby Kervern au cours d'un bal, à Bordeaux, où la jeune fille avait été invitée par son cousin Charles, le fils de Henriette, un aspirant fade qu'elle détestait, et qu'elle soupçonnait de préférer la compagnie des jeunes gens à celle des femmes.

C'était le premier grand bal de Gaby, et elle y avait retrouvé l'éblouissement du pont des premières sur le *Britannia.* Dans la grande salle de l'école des Sciences, éclairée par des lustres de cristal, Gaby tourbillonnait dans sa robe légère, et son visage et ses épaules brillaient du rayonnement des tropiques. Dans sa chevelure noire, une fleur d'hibiscus faisait une tache violente, sensuelle.

Jean avait été subjugué. Un mois plus tard, ils étaient fiancés, et moins de six mois après le bal de l'école des Sciences, ils se mariaient à Paris, avec pour seuls témoins un camarade de faculté de Jean, et un employé de la mairie du douzième arrondissement, puisqu'ils allaient habiter dans le petit appartement de Jean, derrière la gare de Lyon.

Gaby était mineure, et sa tante Emma lui avait envoyé sans hésiter son autorisation. La famille Prat était richissime. Elle voyait d'un mauvais œil le mariage de Jean avec cette créole pauvre, qui parlait en chantant, et qui avait des cheveux si noirs et une peau si mate. Sans le dire franchement, ils laissaient entendre qu'il y avait eu des mélanges chez les Kervern, du sang noir, du sang indien peut-être – cette chevelure qui descendait jusqu'à ses reins quand elle les peignait, et ce goût qu'elle avait d'y piquer des fleurs aux couleurs vives, au parfum capiteux. Jean n'écoutait pas les ragots de ses sœurs, il était éperdument amoureux. Gaby était entrée dans sa vie comme un mirage, comme un éblouissement, avec la grâce et la force d'une plante tropicale, d'un oiseau, et tout ce qu'il savait s'était métamorphosé, comme par l'effet d'une magie.

Cela aussi, c'était ce que disaient ses sœurs, sa mère. Gaby l'avait envoûté. Il était complètement sous sa coupe. Au lieu de poursuivre ses études de droit, Jean sortait tous les soirs. Ils allaient au théâtre, aux concerts, ils allaient danser. Peu après leur mariage, Jean emprunta pour acheter une auto. Il se laissa séduire par un modèle coûteux, une Dodge blanche décapotable, puissante et rapide. Pour payer ses dettes, et les dépenses de son nouvel appartement, Jean demanda sa part d'héritage. Le règlement eut lieu dans une atmosphère d'orage. La famille Prat, à tort ou à raison, jugea que Gaby était la seule responsable. C'était une intrigante, elle avait décidé de ruiner Jean. Elle ferma ses portes.

Jean avait repris l'affaire des robinets. Une fois par mois, il allait à Bordeaux, et rendait visite à sa mère. Personne ne voulait entendre parler d'« elle ». Ils parlaient d'argent, des bénéfices de la manufacture.

Chaque week-end, Jean et Gaby quittaient Paris, à bord de la Dodge. Ils parcouraient les routes de Normandie, roulant à tombeau ouvert. C'était Gaby qui conduisait. Elle portait de petites lunettes de rallywoman, des vestes de cuir. Ils allaient à La Baule, à Guingamp, à Trouville, à Deauville. Ils allaient en Bretagne, à Perros-Guirec, à Beg-Meil.

L'été étincelait sur la mer, entre les pins. Les nuits étaient magnifiques. Gaby écoutait le chant des crapauds, elle s'enivrait de l'odeur du goémon. Souvent, elle sortait de la chambre de la petite maison de pêcheurs qu'ils avaient louée, et elle s'en allait dans la nuit. Jean se réveillait en sursaut, comme s'il avait senti qu'il était seul dans le lit. La fenêtre ouverte laissait passer le vent, le crissement des vagues sur les dunes. Il sentait une sorte de peur monter en lui, comme un enfant perdu, c'est cela que lui disaient ses sœurs autrefois quand il pleurait. Il courait à travers la lande, il appelait : « Gaby! Gaby!... » Il y avait le bruit des vagues, l'odeur du goémon, et dans les marais, les crapauds qui chantaient. Sur les dunes, à la lumière de la lune, Gaby l'attendait. Elle frissonnait dans le vent de la mer. « Viens... »

Leurs corps s'enlaçaient. Sur le sable froid, la peau douce, tiède, vivante. Il voyait son visage qui brillait, ses yeux clairs, la masse noire de ses cheveux défaits. Ils étaient dans le creux de la dune, le vent sifflait dans les feuilles des chardons. « Attends... Il n'y a personne? » Elle riait en silence. Elle l'entraînait dans le sable, dans les feuilles piquantes. Sa peau était couleur de lune, ses yeux couleur de mer, sa chevelure aussi belle que la nuit. Il écoutait son souffle devenir rauque. « Je t'aime, je t'aime. » Il répétait les mots, comme s'ils l'entraînaient encore plus profond en elle, effaçant le reste du monde. La mer, les dunes, la nuit, le bruit du vent et les vagues, c'était elle, il n'y avait qu'elle. Elle l'emportait, il glissait en elle comme une barque sur la mer, comme s'il n'y avait pas de fin, pas de mort, que tout devait durer toujours.

Après l'amour, ils restaient étendus dans le sable, légèrement endormis, les yeux entrouverts sur la nuit. Puis Gaby avait froid, elle se rhabillait à la hâte. Elle était assise, le vent secouait sa chevelure. « J'ai faim. » Son visage resplendissait de la lumière de la lune. Sa main était chaude et forte, elle serrait la main de Jean, elle l'entraînait. Ils retournaient dans la chambre de la maison de pêcheurs, ils s'endormaient à l'aube. Dans la chambre, l'air était presque étouffant, il y avait l'odeur de la bruyère.

Il y avait d'autres nuits. Toutes ces nuits sans dormir, l'été. Les routes à la clarté de la lune. Gaby voulait rouler sans phares, pour voir les étoiles. La Dodge filait à toute vitesse dans les chemins creux, le long de la mer, les roues bondissaient sur les mottes, sur les branches.

Entre les mains de Gaby, la Dodge était plus qu'une automobile. C'était un navire qui traversait les mers, qui voguait dans la nuit. À côté d'elle, emmitouflé dans son manteau de cuir, Jean regardait les lumières des villages danser dans le lointain, apparaissant, disparaissant au gré des collines, et il pensait à des ports perdus sur une côte étrangère.

Ils roulaient parfois toute la nuit, et à l'aube, rompus de fatigue, ils s'endormaient dans une chambre d'auberge, au hasard, sans même demander où ils étaient. Ils avaient des aventures. Ils s'enlisaient dans des sables, ou bien ils se perdaient. À l'entrée de la forêt de Brocéliande, ils cassèrent un ressort, et durent attendre qu'un forgeron fabrique les nouvelles lames. À Fougères, à la fin de l'été, un orage terrifiant s'abattit sur eux, le ciel nocturne griffé d'éclairs, des grêlons gros comme des pierres faisant un bruit d'enfer. La capote creva, laissant passer un flot glacé que Jean réussit à dévier grâce à son manteau de cuir roulé en gouttière. Un grêlon brisa un phare. L'eau torrentielle entoura la Dodge comme un vrai bateau. Gaby et Jean passèrent toute la nuit, serrés l'un contre l'autre, immobiles au milieu de la tourmente. Rien ne sembla plus terrible et plus beau à Jean, que cette nuit glacée et éblouissante d'éclairs, et la douce haleine de sa femme qui s'était endormie, le visage caché dans le creux de son épaule.

C'est elle que je veux voir, encore. Gaby, sur le pont du *Britannia*, appuyée à la lisse, regardant le sillage qui s'écarte sur la mer sans fin. Elle emportait avec elle l'étincelle sur le bord des feuilles des cannes, le crépuscule qui commence à l'est, au-dessus de la Mare aux Vacoas, les tempêtes dans la baie de Rivière Noire. Même après ces années passées loin de l'île, elle gardait cette lumière en elle, quelque chose de brillant, de dansant dans son regard, sur sa peau, dans sa chevelure. C'était peut-être le ciel de fièvres, à la saison des pluies, quand les nuages sont pareils à des fumées d'incendie. C'était son souvenir le plus ancien, lorsque l'ouragan les avait surpris, dans la cabane de bois de Rivière Noire, et que les rouleaux arrivaient en grondant sur la plage, comme s'ils cherchaient à dévorer la terre. Il y avait son père, elle entendait sa voix qui criait : « Pour l'amour du ciel! Éloignez-vous de la porte! » Elle s'était blottie contre une femme, elle ne se souvenait même pas de son nom. Elle entendait cette voix de femme qui récitait des prières, elle n'avait jamais oublié ces mots en latin.

Il y avait tout cela en elle, alors : la légèreté de la lumière, et la peur qui se cache derrière les choses, la peur qui voile le regard. Quelquefois, Jean la scrutait : « Qu'est-ce qu'il y a ? Qu'est-ce que tu ressens? » Il voulait comprendre. Il voulait savoir ce qu'était cette nue, quand l'iris devenait tout à coup sombre et terne. « Je ne sais pas. Laisse-moi, ça va passer. » La voix de Gaby effrayait Jean davantage. « Mais qu'est-ce que tu as? Tes mains sont froides. Tes lèvres sont toutes blanches. »

Elle frissonnait. Elle se mettait au lit, sous les couvertures, elle demandait à Jean de fermer les persiennes et de tirer les rideaux. Dehors, l'été passait vite. Les nuages légers glissaient dans le ciel de Beg-Meil.

Jean ramena Gaby à Bordeaux, pour pouvoir s'occuper de la manufacture. Gaby s'étiolait. Le médecin de la famille

Prat, un vieil homme nommé Lajariette, diagnostiqua la malaria, mais la quinine n'apporta pas d'amélioration. Les crises duraient parfois des semaines. Gaby restait prostrée sur son lit, son regard vide tourné vers la fenêtre, comme si elle guettait le passage des nuages, ou le vol des oiseaux.

Jean décida d'emmener Gaby dans le Midi. Ils partirent un beau jour du printemps 1938, dans la Dodge blanche. C'était le jour même de l'Anschluss.

À nouveau, Gaby ressentait l'ivresse du mouvement. La voiture roulait à grande vitesse sur les routes désertes de l'hiver, entre les arbres encore nus qui accrochaient la brume. Chaque nom de ville ou de village était une aventure : Libourne, Castillon, Gardonne, Monpazier, Cahors, Caussade, Albi. C'était la première fois que Gaby allait vers la mer Méditerranée. À nouveau, elle se sentait libre. Elle était belle, rayonnante, malgré la pâleur des jours de maladie. C'était elle qui conduisait. De temps à autre, Jean la regardait, son visage éclairé par le soleil du matin, sa chevelure nouée en chignon sous la casquette de velours. Quand elle conduisait, il aimait cet air de sérieux qu'elle prenait, son regard fixé sur la route où filaient les peupliers.

Il l'appelait « Amazone ». Il aimait se laisser emporter par l'auto entre les mains de Gaby, dans ce tourbillon de vitesse qui semblait ne jamais devoir s'arrêter.

Gaby découvrit la Méditerranée à Saint-Cyr-les-Lecques. Ils louèrent une maison devant la mer, pendant toute la durée de l'été 38. Jamais Jean n'avait ressenti une telle ardeur, un tel bonheur. La maison était petite et vétuste, habitée par des geckos. L'après-midi, Gaby fermait les volets bleus et ils s'étendaient sur le lit, nus sur les draps blancs, pour écouter le concert des cigales. Dehors, les pins craquaient de chaleur, il y avait une odeur de sève et de résine, forte comme l'encens. Après l'amour, Gaby rêvait les yeux ouverts, respirant lentement. Peut-être qu'elle pensait au poids de l'air, autrefois, à Vacoas, à la peur qui grandissait en elle quand elle courait au-dehors pour chercher les signes de la tempête.

Maintenant, tout était différent, et pourtant, elle ressentait la même inquiétude, la même menace qui serrait sa gorge. C'était peut-être de se dire : « Je suis heureuse. » Elle ne voulait pas penser à l'avenir, surtout. Elle ne voulait pas entendre, quand Jean lui parlait de la guerre.

Maintenant, il y avait cet enfant qui arrondissait déjà son ventre et gonflait ses seins. Elle ne l'avait pas dit tout de suite à Jean. Elle avait attendu un mois. Elle avait peur en parlant de rompre ce fragile équilibre. C'était comme cela qu'elle avait toujours fait, pour tout. Ne pas dire, attendre.

Jean devait retourner à Bordeaux, pour les affaires. Les robinets et les clapets marchaient mal, il y avait des grèves. Pourtant, Jean avait aimé les idées nouvelles, il admirait Blum. Sa mère disait que c'était elle, la créole, qui avait soufflé ces mauvaises idées. Mais Gaby ne parlait jamais de politique. Simplement, quand Jean avait décidé la semaine de quarante heures, Gaby avait dit : « C'est bien. » Ce n'étaient pas des idées. Gaby jugeait tout avec son cœur. Pour elle, le monde était clair, sans soucis. La seule fois qu'elle avait visité l'atelier, elle avait dit à Jean : « Les pauvres, il y a tellement de bruit. » Jean avait fait installer des cloisons, mis les moteurs sous cache, avait distribué des protège-oreilles. Gaby savait tout, d'instinct, elle ne se trompait pas. Tout le monde l'aimait, à la fabrique. Mais elle ne pouvait pas rester, il fallait qu'elle s'en aille toujours, qu'elle voie autre chose.

Cet hiver-là, ils allèrent s'installer à Nice, où Jean avait une parente, Colombe, une tante paternelle qu'il aimait bien. Elle leur trouva cette petite maison rouge sur les collines, enfouie dans un jardin rempli de palmiers et d'aloès, avec une terrasse à balustres turquoise d'où on voyait toute la mer, du cap d'Antibes au cap d'Ail.

Cette année-là fut la plus belle, la plus longue qu'elle eût jamais vécue. Il y avait, parmi les choses qui lui avaient été données pour son mariage, une jolie pendulette en verre et en cuivre, dans un étui de cuir, avec un cadran émaillé où l'on pouvait lire, non seulement les heures et les secondes qui trottaient, mais aussi le quantième du mois, le jour de la semaine et les phases de la lune. À chaque instant, le regard de Gaby se posait sur cette pendule, comme si elle cherchait à lire le mouvement régulier de son bonheur.

Son état ne lui permettait plus que de courtes promenades, à petits pas, les mains soutenant son ventre dilaté. Ses sorties se limitaient à parcourir l'allée de gravillons qui conduisait jusqu'à l'observatoire, où elle s'appuyait, la hanche contre la balustrade, pour regarder rêveusement la ville brumeuse.

Le vent froid soufflait des montagnes enneigées, mais les palmiers continuaient à crisser dans le jardin, et le soleil brillait sur les griffes des aloès. Gaby écoutait le chant des tourterelles invisibles, comme autrefois dans l'océan gris des cannes. C'était comme s'il n'y avait plus de temps, ou plutôt, comme si le temps n'avait plus d'importance, plus d'impatience, qu'il avait cessé de s'enfuir.

Gaby attendait pendant des heures, maintenant, sans bouger, sans parler.

« Qu'as-tu? Tu es malade? » demandait Jean. Il ne la reconnaissait plus, elle qui autrefois ne pouvait pas rester en place. Lui, au contraire, devenait fébrile, inquiet. Il voyageait sans cesse entre Nice et Bordeaux, par le train de l'après-midi, ou bien il allait à Paris pour ses affaires, pour vendre des biens, placer de l'argent. La politique, la crise économique, la guerre, tout l'assombrissait. Elle, elle restait assise au soleil, dans le fauteuil d'acajou, le seul souvenir de son père, que sa tante Emma avait fait envoyer par paquebot. Son regard se perdait sur la mer. Quand elle avait froid, elle tirait le fauteuil dans la petite salle à manger tendue de vieux rose, scrutant le cadran émaillé de la pendulette, où l'aiguille des secondes trottait sans arrêt, s'amusant parfois à faire sonner le carillon à répétition.

« Rien, je suis bien, c'est tout. »

Elle se serrait contre Jean, un peu de biais à cause de son ventre. Elle était toute chaude, gonflée. Avec effarement il regardait son corps nu, si blanc, les seins aux pointes violettes, le ventre tendu comme une citrouille mûre, luisant comme un astre. Elle le voulait, elle l'attirait vers elle, il sentait le rayonnement de sa peau, de sa vie, cela le bouleversait, le faisait presque trembler.

« Tu sens, comme j'ai chaud? Viens, mets ta main là, tu vas sentir, il donne des coups! »

C'était pour cela que le temps n'existait plus, à cause de la vie qui se formait, qui rayonnait.

La tante Colombe venait tous les jours, quand Jean n'était pas là. Elle était la seule à avoir accepté la femme de Jean. Elle l'appelait : « Ma belle ». Elle avait un accent gascon que Gaby aimait bien.

Elle restait assise à côté d'elle, sans parler. Elle partageait le rêve de Gaby, sa douceur, elle prenait un peu de chaleur. Peut-être qu'elle se souvenait. Elle avait eu autrefois une fille. C'était il y avait très longtemps, cinquante ans peut-être, mais elle pouvait encore rêver. Un mois après la naissance, sa fille était morte. Elle avait dit cela une fois, et elle n'en avait plus parlé. Gaby avait pleuré, et Colombe l'avait rassurée. « Mais c'était il y a si longtemps. Maintenant, ça n'est plus pareil. Ça n'arrive plus. »

Quand le printemps est arrivé, il y a eu la mobilisation générale. Jean Prat est monté dans un train, vers le nord. Gaby était fatiguée, elle n'est pas allée l'accompagner à la gare. Elle est restée seule dans la villa, sans pleurer. La tante Colombe s'est installée dans la maison, et c'est là que le bébé est venu au monde, une semaine et demie après. C'était un garçon. Il arriva facilement dans un monde en déroute.

La tante Colombe alla déclarer l'enfant à la mairie. Gaby voulait le prénom qu'elle aimait le mieux, à cause de la musique des syllabes: Iñigo. À la mairie, les employés ne voulurent rien savoir, et la tante Colombe finit par accepter qu'ils inscrivent l'enfant sous le nom d'Ignace. Gaby en pleura de rage, puis elle décida d'en rire. L'enfant s'appela Ini, tout bonnement.

Les mois, les années passèrent, éloignant le bonheur de façon irrémédiable. Il y eut l'armistice, l'occupation italienne. Il y eut les gens défilant dans les rues de Nice pour réclamer l'expulsion des Juifs. Il y eut les Italiens dans les villes des collines, la Gestapo allemande dans l'hôtel de l'Ermitage. Il y eut les cartes de rationnement, le lait mouillé, le pain noir, la viande avariée. Ini tomba malade, son joli visage devint pâle, sa peau gercée et ridée comme celle d'un vieillard.

Gaby se nourrissait de pelures, de fruits qu'elle mendiait au marché, de trognons. Elle, jadis si rieuse et insouciante, était devenue sombre, anxieuse. La nuit, elle ne pouvait pas dormir. Enfermée dans la villa, derrière les volets bouchés avec du carton et du papier bleu, à cause du couvre-feu, elle écoutait les bruits, tressaillant quand le gravier des allées crissait sous les pattes d'un chat en maraude.

Les nouvelles venaient du nord. Les hommes revenaient de la guerre. Ils s'étaient échappés des camps, ils avaient marché à travers champs et montagnes, pendant des mois. Ils arrivaient par la Suisse, par les vallées de Savoie. Certains avaient traversé la mer, ils étaient en Algérie, au Maroc. D'autres étaient retournés dans leurs familles, ils avaient retrouvé leurs rues, leurs maisons. Ils faisaient parvenir des lettres, par les curés, par les chauffeurs.

Mais Jean ne revenait pas. Depuis le jour de son départ vers le nord, il n'avait pas envoyé une seule lettre. La famille Prat était toujours la même, hostile, fermée. Elle ne voulait rien savoir de Gaby ni de son fils. Mais par la tante Colombe, Gaby sut qu'ils n'avaient pas eu de nouvelles. Jean était parti à la guerre, il avait été dévoré, il avait disparu, il ne restait plus rien de lui.

Gaby essaya de se renseigner auprès des gens qui étaient revenus du front, elle demanda aux prêtres. Personne ne savait rien. Personne n'avait vu Jean. Ils racontaient les soldats désarmés, errant dans la campagne, les généraux emmenés par les gendarmes menottes aux mains, les colonnes de civils qui fuyaient le long des routes, emportant leurs biens dans des poussettes d'enfant. C'était comme si les gens n'avaient plus de noms. C'était comme si personne n'avait plus de mémoire.

Gaby attendait, dans la maison aux volets fermés, dans le jardin envahi par les herbes folles. Les jours où la tante Colombe ne venait pas, Gaby ne s'habillait pas. Elle restait en robe de chambre, assise sur le fauteuil d'acajou, pendant qu'Ini jouait dans le soleil pâle de l'hiver.

Il y eut le départ de la Cinquième Armée italienne, en 1943, et l'installation progressive des Allemands. Un jour, des soldats sont venus, pour emporter les pneus de la Dodge, toujours garée dans l'allée centrale du jardin. Puis, un matin, sur le poteau du portail, apparut un signe étrange tracé à la craie, le dessin de deux créneaux. Gaby n'y avait pas fait attention, croyant que c'étaient des enfants qui avaient fait cela pour s'amuser, mais la tante Colombe devint pâle et agitée. « Tu sais ce que ça signifie? Ta maison est réquisitionnée. Tu vas avoir à t'en aller. » Selon elle, c'était le propriétaire, Monsieur Gendre, qui avait dénoncé Gaby parce qu'elle ne payait plus son loyer.

Les jours qui suivirent, Gaby resta prostrée, assise sur le fauteuil devant la porte, sans même oser sortir. Ini jouait avec insouciance dans les allées du jardin, il s'amusait à imiter les cris des chats à demi sauvages qui bougeaient dans les massifs d'acanthes.

C'est la tante Colombe qui s'occupa de tout. Elle trouva le petit appartement sous les toits, non loin de chez elle, dans la rue Reine-Jeanne. Un matin, un officier de la Kommandantur, accompagné d'un gendarme français, sont venus lui signifier l'expulsion. Elle avait vingt-quatre heures pour s'en aller. Par une belle matinée ensoleillée de décembre, Gaby quitta la maison des collines. Dans le char à bancs, elle avait empilé à la hâte les meubles, le linge, les affaires de cuisine. Elle s'est assise sur le fauteuil d'acajou qui brinquebalait au rythme des pas du cheval. Ini était assis sur ses genoux, ses cheveux blonds brillaient au soleil. Il riait aux éclats.

Ini ne parlait pas. Longtemps, Gaby avait feint de croire que ça n'était rien, un simple retard. La tante Colombe s'inquiétait. « Tu devrais le mener voir un docteur, un spécialiste. » Gaby se mettait en colère. « Mais il n'a rien, il n'est pas malade! » Elle pensait qu'il avait le cœur faible, qu'il était timide. Il imitait le bruit des animaux, il riait facilement.

Gaby n'avait pas pardonné à la tante Colombe. Elle ne

voulait plus la voir. Elle ne voyait plus personne. Maintenant, dans la mansarde voisine, vivait un homme du nom de Sguilario, un charlatan qui se disait guérisseur. Il avait écouté le cœur de l'enfant. « Quel âge a-t-il? Dix ans? Mais, Madame, savez-vous qu'il a le cœur d'un enfant de trois ans? » Pour Gaby, les mots de Sguilario avaient été une révélation. C'était donc pour cela qu'Ini ne parlait pas. Il avait le cœur d'un enfant de trois ans. Il avait trois ans.

Il était si joli, quand il était tout petit, avec son visage lisse, sa peau fine et claire, ses yeux légèrement obliques d'un bleu myosotis, ses cheveux blonds. Il *lui* ressemblait tellement. Mais Gaby ne voulait même plus penser à ce nom. Lui, il n'avait jamais existé.

Quand, après la guerre, Gaby avait fait une demande de pension, l'armée avait refusé. Pouvait-elle prouver que son mari était mort à la guerre? On avait de bonnes raisons de croire qu'il avait déserté au moment de la mobilisation générale. Il ne s'était jamais présenté à son poste, personne n'avait entendu parler de lui. Il avait reçu son ordre de route, et il était parti, sans uniforme, sans fusil. D'ailleurs beaucoup de soldats n'avaient pas reçu de fusil. Pouvait-elle seulement affirmer qu'il était mort? Beaucoup d'hommes, au moment de la mobilisation, avaient tout abandonné pour ne pas aller au front. L'enquête devait suivre son cours, établir les faits. Elle serait prévenue. En attendant, Gaby n'avait plus rien pour vivre.

Elle s'était refermée. Elle ne voulait plus rien savoir, surtout pas de sa belle-famille. D'ailleurs, eux l'avaient reniée. L'affaire des robinets avait fait faillite. Il n'y avait eu aucun partage. Le produit de la vente des hangars n'avait pas suffi à rembourser les dettes. La mère Prat était morte d'une crise cardiaque, les enfants s'étaient égaillés. Ils étaient un peu partout dans le monde, en Angleterre, en Argentine, au Brésil. Des trafiquants, des chevaliers d'industrie. Solange, l'aînée, avait épousé un collaborateur, un espion des nazis, qui avait été exécuté à coups de revolver dans le restaurant du Lutetia. Elle était devenue à demi folle. Elle accusait Gaby d'avoir fait assassiner son mari, de l'avoir enterré dans le jardin de la villa des collines.

Gaby n'avait plus rien. Peu à peu, elle avait vendu tous les objets qui lui appartenaient, les souvenirs d'autrefois, du temps de son mariage, des années heureuses : les meubles en marqueterie, les coffrets, les assiettes à filigrane, l'argenterie. Elle avait vendu ses bijoux, un à un. Elle allait chez un brocanteur arménien du quartier des musiciens, un certain Amadouny, accompagnée de son fils. Ses mains maigres sortaient de son sac, enveloppée dans un mouchoir comme si elle avait été volée, la bague de saphir clair que la tante Emma lui avait donnée avant son départ, et qui avait été rapportée des Indes par l'ancêtre Corentin, au temps des corsaires. Ini avait la même couleur d'yeux. Amadouny avait regardé longuement la bague. Il avait dit : « Si vous n'êtes pas obligée de la vendre, Madame, gardez-la. Je ne pourrai jamais vous donner ce qu'elle vaut. » Gaby avait haussé les épaules : « Si vous ne pouvez pas me donner ce qu'elle vaut, donnez-moi ce que vous voulez. » Avec la bague, Gaby avait payé les arriérés de loyer, l'épicerie, elle avait acheté des habits neufs pour Ini, et placé un peu d'argent à la banque.

Mais l'argent partait. Sguilario venait à chaque instant, il devait imprimer son livre, un livre qui révélerait au monde ses secrets, ses pouvoirs. Gaby, qui avait appris à se méfier de tout, accueillait avec enthousiasme cet homme bavard, rusé et corpulent qui savait si bien déceler ses misères. Elle lui donnait de l'argent, elle lui confiait des bijoux à vendre, des objets à monnayer. Des tableaux, des livres disparaissaient. La jolie pendulette de son mariage, qu'elle avait regardée si longtemps en attendant Ini, suivit le même chemin. Depuis la mort de la tante Colombe, il n'y avait plus personne entre Gaby et le monde. Sguilario le savait, il devenait de plus en plus pressant, de plus en plus audacieux. Maintenant, un voile couvrait les yeux de Gaby, comme une brume sur le bleu de ses iris. Peu à peu, le contour des choses s'estompait. Elle ne distinguait plus les traits des visages. Quand elle sortait dans la rue, elle avançait à petits pas, serrée contre Ini, son bras entourant les épaules de l'enfant.

Sguilario était fou. Dans la chambre où vivait Gaby, il déclamait à tue-tête, des poèmes, des discours philosophiques. Ini avait une peur instinctive de cet homme. Comme ces chats qui, à l'entrée d'un intrus, disparaissent sous les meubles, Ini se cachait où il pouvait, sous les tables, dans les placards à balais, derrière les rideaux. Pour Sguilario, c'était devenu un jeu cruel. Il partait à la recherche de l'enfant, feignant d'être aveugle, frappant les meubles et les chaises avec sa canne, criant de sa voix qui roulait : « Je vais te trouver! Je vais te dévorer! » Ini était terrifié. Le cœur battant à se rompre, il regardait depuis sa cachette, avec des yeux fixes, les chaussures de Sguilario qui faisaient craquer les lattes du plancher.

Gaby ne comprenait pas. A travers la brume de ses yeux, elle voyait la silhouette massive de l'homme penchée sur Ini. Elle entendait les cris, les grondements. Quand c'était fini, Ini venait se blottir contre elle, elle sentait son cœur qui battait très vite, comme celui d'un animal affolé. « Laissez-le! Vous lui avez fait peur. » Sguilario battait en retraite. Il faisait comme s'il regrettait. Il partait à reculons, il regagnait sa mansarde. Mais Ini ne le quittait pas des yeux. Ses iris clairs, couleur de saphir, restaient fixés sur la porte longtemps après que l'homme avait disparu.

Au printemps, Gaby tomba malade. Au début, ça n'était qu'une grippe, la grippe asiatique, avait même diagnostiqué Sguilario. Peut-être une poussée de malaria. Gaby brûlait, elle avait mal au dos et aux membres, elle restait allongée sur le lit, elle regardait Ini qui jouait à côté d'elle, dans un halo. Les tisanes et les compresses vinaigrées de Sguilario n'eurent d'autre résultat que de déclencher plus tôt les vomissements et les maux de tête. Gaby souffrait tant qu'elle restait recroquevillée sous les draps, les mains appuyées sur son crâne. Elle n'ouvrait plus les fenêtres. C'était terrible, cette lumière du printemps qui filtrait à travers les persiennes, avec les roulades interminables du serin de la vieille Madame Müller, et les cris stridents des martinets dans le ciel. Ini restait immobile, assis par terre auprès du lit, à guetter l'arrivée de son bourreau.

Un après-midi, pourtant, Gaby sortit de sa torpeur. C'était la fièvre qui lui donnait des forces, qui lui faisait comprendre. Elle était pâle et maigre, avec des yeux brûlants, les lèvres bleues de froid. « Je vais mourir. » Elle disait cela lentement, et c'était une pensée glacée, enivrante à la fois, qui l'obligeait à marcher. Tout à coup Sguilario la vit devant lui, droite et forte dans sa chemise de nuit, avec sa chevelure grise emmêlée par la fièvre, et ce regard surtout, qui le brûlait dans la pénombre. Il lâcha Ini qu'il tenait à moitié sous lui. Il se mit à reculer. Il crut un bref instant qu'elle avait recouvré la vue. « Je ne voulais pas... je ne savais pas... » Il avait peur, il cherchait à gagner du temps, pour atteindre la porte. Le regard bleu de Gaby luisait comme une arme. « Allez-vous-en! Sortez d'ici, ne revenez jamais! » Elle serrait Ini contre elle. Elle criait, maintenant, et cette voix qui venait de ce corps rongé par la maladie faisait frissonner l'homme, l'obligeait à fuir. « Allez-vous-en! Allez-vous-en, ne revenez jamais plus! » Quand elle fut sûre que

Sguilario était parti, elle s'appuya sur Ini et elle retourna vers le lit. La pensée de la mort ralentissait son corps, le rendait étranger. Elle prit la main d'Ini, elle la serra longuement.

C'est la faim qui sauva Gaby. Quand il eut fini de manger tous les biscuits, les croûtons de pain et les pommes de la cuisine, Ini alla gratter à la porte de Madame Müller. La vieille dame entra dans l'appartement derrière lui, elle vit d'un seul coup d'œil la saleté, l'abandon, les linges souillés, et Gaby toute blanche sur le lit, les yeux teintés de sang. « Seigneur... » C'est tout ce qu'elle put dire. Malgré son âge, elle sortit téléphoner. Le médecin ordonna le transfert immédiat à l'hôpital. « Méningite cérébro-spinale » dit-il à Madame Müller. « Elle est perdue. Qui va s'occuper de l'enfant? » Madame Müller prit Ini chez elle, en attendant de pouvoir trouver une place dans une institution. La maladie de Gaby fut longue et difficile, elle guérit enfin, mais elle avait complètement perdu la vue. Elle retourna quelque temps dans l'appartement sous les toits, puis, grâce à l'argent de la pension arrivé miraculeusement, elle put trouver une petite chambre au Carmel, dans une vieille maison éclairée par le soleil, comme celle où Ini était né.

Quand il entra chez la vieille Madame Müller, Ini parla pour la première fois. Dans le petit appartement sombre, une fenêtre donnant sur la cour était décorée d'une tulipe rouge que le soleil allumait. Ini marcha jusqu'à la fenêtre, il toucha le vitrail. « Lu-mière. » Ce furent ses toutes premières paroles.

La vieille dame comprit qu'il se passait quelque chose de miraculeux. Elle fit entrer Ini dans une institution spécialisée, puis il alla à l'école. En moins d'un an, il avait rattrapé le retard. Il savait lire et écrire, calculer. Il se passionnait pour les sciences naturelles, pour la physique. Sa seconde chance fut un professeur de sciences naturelles, converti au bouddhisme, Charles Behr, qui se prit de passion pour cet enfant presque sauvage. Chaque jeudi, chaque dimanche, ils partaient sac au dos pour de longues promenades à travers les collines, à la recherche de nids d'oiseaux, de fossiles, de plantes, de têtards.

Maintenant, grâce à l'argent de la pension qui arrivait régulièrement, Gaby n'avait plus de soucis pour l'avenir, pour l'éducation d'Ini. Quand l'homme de la Barclay's est venu la voir, dans la petite chambre du Carmel où elle se reposait, elle s'est animée, elle a tendu les mains vers lui, pour toucher son visage, le front, les yeux. L'employé de banque était gêné, il avait presque peur.

« Enfin, il a fallu tout ce temps! » Gaby a dit cela sans amertume, avec une sorte d'amusement. L'homme lui a fait signer les papiers, en guidant sa main, il est reparti précipitamment. Il ne lui a pas dit la vérité sur cette pension. Il est possible qu'elle ne l'ait jamais sue.

Maintenant, assise dans son fauteuil d'acajou, le seul souvenir qui lui reste de l'île, elle est toujours belle, à cinquante-six ans, si élégante, avec son épaisse chevelure d'un noir intense où courent à peine quelques fils d'argent, cette natte qu'elle ramène sur l'épaule droite, comme autrefois, quand elle allait se baigner à la rivière avec Ananta. Son visage aux paupières fermées est harmonieux. Mais elle n'est pas indifférente, ni lointaine. Tous les hommes ont passé, l'orage de la vie les a dispersés, la guerre les a réduits en cendres. Il y a eu ce grand embrasement, lorsque Gaby est tombée malade, et tout a disparu dans cette brûlure. Maintenant, la paix est en elle, la souffrance a poli son visage comme une eau.

Le désir est entré en elle, de retourner là-bas, chez elle, dans son île, à Vacoas. C'est un désir très fort, continu, qu'elle ne comprend pas elle-même. Après la terrible maladie, Gaby était dans cette chambre du Carmel, seule, à bout de forces. Dans son lit, elle restait immobile, comme si ses bras et ses jambes avaient été brisés. Elle restait immobile, avec seulement cette lueur vague devant les yeux, comme autrefois, quand elle regardait le jour se lever à travers la moustiquaire.

A l'aube, quelque chose est venu, s'est approché. Gaby était aux portes de la mort. Elle écoutait le bruit, un bruit à la fois très doux et violent, qui venait de l'autre bout du monde, un froissement incessant qui grandissait au fond d'elle, réveillait sa mémoire. Elle s'est mise à trembler. Elle ouvrait la bouche pour appeler, mais comme dans les mauvais rêves, aucun son ne sortait de sa gorge. Le bruit grandissait, grandissait, et à présent, elle le reconnaissait. C'était le bruit de la pluie qui arrive, comme autrefois, dans la maison de son père. Le toucher léger et insistant des gouttes sur les toits de zinc, le murmure des gouttières, les ruisseaux coulant tous ensemble jusqu'à la grande mare qui se tache de sang.

Elle se souvenait alors, quand la pluie arrivait à Vacoas, elle le savait longtemps avant. Tout devenait si obscur, il y avait un nuage sombre sur la terre et sur les champs de canne, jusqu'aux pointes des montagnes. Il y avait ce froid dans son corps, ce long frisson.

Elle n'avait pas cru qu'elle reconnaîtrait cela un jour, cette pluie qui tombe du ciel comme une chose vivante, qui glisse sur la pente des toits, arrache les feuilles des arbres, tambourine sur les vitres branlantes de la maison. Comme autrefois, elle sentait l'odeur de sa mère qu'elle n'a pas connue, mêlée secrètement à l'odeur de la terre, aux feuilles pourrissantes, à l'odeur des goyaves et des mangues, à l'odeur âcre de la papaye ouverte sur la table de la cuisine, au parfum enivrant du galant-de-nuit.

Maintenant, devant elle, dans la lumière nuageuse, il y avait une silhouette debout, qui la regardait. Vêtue d'une robe légère, un sari, avec ses cheveux noirs cascadant sur ses épaules, et dans son visage obscur, ce regard bleu qui brûle. Gaby restait clouée sur sa couche, incapable de bouger, tandis que la silhouette surnaturelle la regardait, la considérait. Puis tout à coup, l'apparition s'est détournée, s'est effacée. Il ne restait que la lumière du jour qui décroissait avec le matin. C'est alors que Gaby avait décidé de retourner chez elle, coûte que coûte, pour retrouver Ananta.

Est-ce qu'il pleuvait encore, quand le dernier paquebot de l'India Steamship a mouillé dans la rade, sur la route de Bombay, et quand les canots à rame ont conduit les passagers jusqu'au môle? C'était le vendredi 24 février 1967, la lune pleine glissait fantastiquement entre les nuages, dans l'obscurité de la nuit qui arrivait. Il y avait exactement trente-huit ans, la jeune fille aux cheveux si noirs, aux yeux si bleus, vêtue de sa robe légère et coiffée de son incroyable chapeau de paille, s'abritait sous son ombrelle pour gagner le bord du *Britannia.*

C'est Ini qui prend soin de Gaby, qui la guide. Il est un homme, maintenant, il est plus grand qu'elle. C'est elle qui cache son visage contre sa poitrine, quand elle est lasse, ou quand elle a peur.

Gaby sentait son cœur battre fort dans sa poitrine, tandis qu'elle marchait sur le quai, appuyée sur le bras d'Ini. Elle écoutait le brouhaha des gens qui attendaient les passagers, de toutes ses forces, elle cherchait à reconnaître les voix, les bruits. Il y avait une odeur de fruit pourri, les restes du marché de la journée sous la pluie, la douceur tiède de l'ombre des grands arbres. « Regarde, là, c'est là qu'ils sont, les arbres de l'Intendance, tu les vois? » Ini serra sa main, il murmura : « Oui, je les vois, ils sont grands, et forts... » La foule s'écartait devant eux, ils passaient comme des spectres. Les enfants couraient, criaient, il y avait un bruit de musique, des odeurs de poisson frit, d'huile.

Dans la chambre de l'hôtel-pension, près du port, Gaby s'asseyait sur la chaise de paille, devant la fenêtre ouverte, pour entendre les bruits de la rue. Il y avait les klaxons des autos, les bruits de pas courant sur les trottoirs.

« Regarde, Ini, pourquoi y a-t-il tant de monde dans la rue, pourquoi crient-ils comme ça? »

Elle avait peur, tout à coup. Elle refermait la fenêtre. Il y avait si longtemps qu'elle attendait cet instant, et maintenant, il lui semblait que tout lui échappait. « Ce n'est rien, maman. Ce sont des gens qui manifestent pour l'indépendance. »

Gaby ne comprenait pas. Elle pensait qu'elle serait dehors jusqu'à la nuit, comme autrefois, pour respirer les odeurs, pour écouter le bruit de la pluie sur les toits, et à présent elle ressentait une inquiétude sourde, comme avant la tempête.

« Mais qu'est-ce qu'ils veulent? Ils vont tout brûler! » Elle se souvenait des incendies dans les champs, le ciel qui devenait rouge, jusqu'à Plaines Wilhelms.

Ce qu'elle voulait, c'était revoir Ananta. Mais après tant d'années, qui pouvait lui dire ce qu'elle était devenue? Gaby ne savait même pas son nom. Le taxi qui grimpait la route du Sucre jusqu'à Vacoas tomba deux fois en panne. Enfin, il s'arrêta à un carrefour où était un petit marché, avec des étals de légumes et de poisson séché. Le chauffeur palabra longuement avec les marchands. Il revint en haussant les épaules. Personne ne connaissait Ananta. Il n'y avait aucune trace. Il laissa Gaby et Ini dans un hôtel de Curepipe. Gaby sentait le courage l'abandonner. Quelle folie de chercher quelqu'un, après une vie. La nuit, elle s'est laissé emporter ailleurs, dans l'océan des cannes grises, sous le ciel chargé de nuages. Les martins fuyaient comme des volées de feuilles dans le vent. Sur les mares couraient les frissons. Gaby se souvenait maintenant de la chanson que chantait Ananta, quand elles allaient se baigner à la rivière.

«Dans bois tourterelles
Napas la peine pou gagne mari
Tellement mo content mo Zabella
Mo lizié collecolle av li!
Aïoh!»

Toute une année elles ont vécu ensemble, jour après jour. Alors il n'y avait pas d'avenir. Rien n'avait d'importance, que d'aller se promener dans les champs, après l'école, le long des chemins brûlants, et de se baigner à la rivière, en laissant flotter ses cheveux dans le courant.

Ti coco est venu. Comment a-t-il appris le retour de Gaby? C'est peut-être Esprit Thompson, l'agent de la Barclay's, qui l'a prévenu, à cause de la pension. Ti coco est entré dans l'hôtel, il l'a vue. Elle était assise dans un fauteuil de rotin, avec une théière fumante sur la petite table. Il a regardé un long moment l'éclat de sa chevelure noire, son visage lisse aux yeux fermés. A un moment, elle s'est tournée vers lui, pour sentir sa présence. Ses yeux étaient toujours bleus, mais ils regardaient de côté sans voir.

«Mademoiselle Kervern?»

Gaby a tressailli en entendant son nom. Elle a reconnu tout de suite la voix.

« Ti coco! »

Debout, elle a marché vers lui, si vite qu'elle a renversé le fauteuil de rotin. Elle a pressé la paume de ses mains sur le visage de Ti coco, elle a dessiné le contour de son nez, sa bouche, ses oreilles, elle a passé sa main dans les cheveux bouclés. Ensemble, ils ont marché dans le salon de l'hôtel, jusqu'au sofa.

« Tu n'as pas changé! »

Elle riait, elle parlait sans s'arrêter. Ti coco, lui, était comme autrefois. Il ne savait pas ce qu'il devait dire. Ini arriva un peu plus tard. Il regarda avec curiosité ce petit homme trapu, à la peau si noire, avec une tête si large.

Par Ti coco, Gaby a su qu'Ananta était allée vivre dans un quartier pauvre de Vacoas, du côté de la Caverne. Elle travaillait dans une plantation de thé. Mais il y a très longtemps qu'il n'a pas eu de ses nouvelles.

Gaby n'a pas voulu que Ti coco l'accompagne. Par une journée magnifique, éblouissante de lumière, elle marchait sur la route, appuyée au bras d'Ini. Elle demandait à Ini de lui dire ce qu'il voyait, mais c'était pour tromper son appréhension. Ini lui racontait les jardins fleuris, les petites huttes de bois avec leurs toits de tôle. Il racontait les femmes qui marchent sur la route, portant leur binette en équilibre sur la tête, les enfants presque nus qui courent. Dans les rues des villages, les postes de radio étaient allumés, les gens parlaient fort, il y avait des groupes d'hommes aux carrefours. Gaby s'inquiétait. Elle serrait le bras d'Ini :

« Rentrons à l'hôtel. »

Il y avait quelque chose qu'elle ne comprenait plus, qui la rendait étrangère.

« Mais ce n'est rien, maman, c'est à cause de l'indépendance. »

Toute la nuit, les voitures klaxonnaient. Il y avait des gens qui criaient, qui chantaient. On entendait de la musique au loin, aux carrefours. Gaby tenait les mains d'Ini, elle frissonnait.

« C'est ton pays, maintenant », disait Ini.

« Est-ce que j'ai un pays? » disait Gaby.

Chaque jour, chaque matin, elle parcourait les rues des quartiers pauvres, appuyée sur Ini. Au début, les enfants avaient peur. Maintenant, ils suivaient Gaby et Ini, sans se moquer, mais avec l'insolence des merles. Ils s'approchaient, pour mieux voir ce grand garçon blond au visage lisse, et cette femme aux longs cheveux noirs qui regardait au loin comme les aveugles. Ils savaient ce qu'ils cherchaient, ils couraient devant eux dans les rues, en criant le nom :

« Ananta! Ananta! »

Un jour, en parlant à l'épicier chinois, Ini apprit une nouvelle terrible : Ananta était morte, juste après la guerre. Elle n'avait pas survécu aux privations. Ses enfants étaient élevés par la famille de son mari, mais le Chinois ne savait pas où ils étaient allés vivre. Peut-être qu'ils étaient partis pour l'Inde, ou pour l'Angleterre. Ini n'a pas voulu le dire à Gaby. Il a continué à faire comme si Ananta était vivante, et qu'un jour ils la retrouveraient.

En 1967, pendant l'hiver austral, Gaby et Ini sont allés vivre dans un campement, une hutte de corail et de branchages, en haut de la falaise à Grisgris, du côté de Souillac.

C'est Ti coco qui a tout arrangé. A Vacoas il n'y avait plus de place pour Gaby Kervern. La vieille maison de famille s'était effondrée après la guerre, à la mort de la tante Emma, parce qu'il n'y avait plus personne pour faire la chasse aux carias. Le terrain avait été divisé entre les créanciers, et maintenant, à la place, il y avait un petit immeuble de ciment. La route du Sucre passait au ras des fenêtres, devant des jardinières où poussait l'herbe folle.

Les bourgeois de Vacoas et de Curepipe, tous les gens bien qui connaissaient les Kervern, maintenant étaient morts, ou bien ils avaient changé de visage. Quand ils ont su que Gaby était revenue, ils sont venus la voir, par curiosité. C'était celle dont le mari avait disparu pendant la guerre, on ne savait pas où, on disait qu'il avait déserté, qu'il était allé au bout du monde. Le venin des sœurs Prat avait coulé jusqu'ici. Et puis il y avait ce sang-mêlé, ce cafre, qui avait un drôle de nom. Alors les bourgeois s'étaient écartés. Pour Gaby, ç'avait été un soulagement. Elle préférait rester seule, avec sa mémoire, pour être prête le jour où Ananta viendrait.

A Grisgris Ini a découvert la mer, non pas la mer sans fin de l'Océan sur lequel cognait l'étrave du paquebot, mais la mer sauvage, qui se brise sur la falaise, qui court en longs rouleaux jusqu'au rivage, entre les récifs. Avec les enfants noirs du village, il apprit à plonger les yeux ouverts pour glisser sur le fond où brillent les oursins violets. Il apprit à pêcher, armé d'un harpon fabriqué avec une tige et un clou. Chaque midi, il revenait pour faire cuire les poissons, les hourites. En une saison, il devint un garçon fort et hardi, la peau brûlée par le soleil, les cheveux presque blancs de sel. Mais il n'avait pas changé. Il gardait le goût du silence et du secret. Il continuait à parler avec les mains, avec les yeux. Les enfants noirs avaient appris son langage. Il imitait les cris des oiseaux de mer, le croassement des gasses, le sifflement des martins. Son meilleur ami, c'était Omar, le fils de Meriem, la Comorienne qui vivait dans une hutte de planches, à l'entrée du village. C'est lui qui apprit à Ini les cachettes des poissons, dans les creux des rochers, les nids des hourites.

Gaby passa une saison heureuse, dans cette hutte isolée, sans confort. C'était comme autrefois, la maison sur la colline, le temps qui glissait lentement, au rythme de la pendule de cuivre, le soleil qui voyageait d'un bout à l'autre du ciel, pendant qu'Ini jouait avec les chats sauvages. Elle n'avait pas besoin qu'on lui parle. Elle restait assise devant la porte de la hutte, sur une caisse en guise de fauteuil. L'après-midi, quand il revenait de la pêche, Ini s'asseyait à ses pieds, et elle caressait ses cheveux mouillés. En serrant sa main, elle pouvait voir tout cela, l'éclat de la mer, le passage des nuages devant le soleil, le vol lent des cormorans au-dessus de l'écume. Parfois, un grand cargo s'immobilisait à l'horizon, comme devant une île déserte. Les enfants couraient sur la plage, allumaient des feux. Ils criaient.

Les pluies sont revenues. Le vent mauvais soufflait de la mer, les vagues faisaient un bruit de forge. Ti coco est venu avec une auto, pour emmener Gaby et son fils. Comme ils n'avaient pas d'autre endroit où aller, il les a emmenés chez lui.

Quelque chose avait changé en lui. Sa voix était rauque, altérée. Pour la première fois, Gaby s'est inquiétée de lui : « Qu'est-ce que tu as? Tu es malade? » Ti coco a plaisanté. « Rien, juste un chat dans la gorge. » Les affaires l'empêchaient de se soigner. Il était sans cesse dans les entrepôts. Il importait des tissus de l'Inde, de la Chine. Il allait voir les banquiers de la rue des Remparts. C'était un homme important.

« Pourquoi tu ne te maries pas? » lui a demandé Gaby, avec la cruauté tranquille d'autrefois. Il a regardé son visage lisse, aux pommettes hautes, ce front entêté, et la belle chevelure si noire, coiffée en une natte épaisse. Il a dit :

« Parce que tu ne veux pas m'épouser. »

Elle a éclaté de rire :

« Toi, épouser une veuve de soldat inconnu! Une aveugle! »

Pourtant, depuis son retour, Gaby avait changé. Maintenant qu'Ini étudiait au Collège Royal, elle était plus proche de Ti coco. Elle restait avec lui, après le déjeuner, sur la varangue, ils parlaient d'autrefois, des promenades dans les Quinze Cantons, de la Mare aux Vacoas. Elle sentait une sorte d'impatience, comme si le temps perdu devenait brûlant.

La pluie tombait chaque fin d'après-midi, elle cascadait devant la varangue, sur les toits, elle remplissait le jardin. Gaby écoutait la musique. C'était toujours à Ananta qu'elle pensait. Chaque jour, avec la vieille servante, elle parcourait les ruelles pauvres, du côté de la Caverne, ou jusqu'à Moka, pour parler aux vieilles femmes qui mouraient de cancer, aux mères abandonnées, aux filles de quinze ans enceintes et prostituées dans les hôtels paradisiaques de la côte. Elle avait retrouvé la langue d'autrefois, le rire, la moquerie, la tendresse créole. Les promenades étaient un bavardage sans fin. C'était peut-être comme cela qu'elle retrouvait Ananta, dans son rêve.

Cela faisait un an déjà qu'Ini était parti pour Londres, grâce à une bourse d'études du Collège Royal. C'est Ti coco qui, une fois de plus, a tout arrangé. Puis il s'est éteint doucement, aux premiers jours de 1968, sans avoir connu l'indépendance. Quand il est parti pour l'hôpital, il savait qu'il ne reviendrait plus. Il a longuement serré les mains de Gaby, pour dire adieu. Elle ne s'est pas rendu compte que c'était pour la dernière fois. Il ne pouvait plus parler, mais dans une lettre, il a demandé aux médecins de ne rien dire à Gaby. Il a fait son testament avec soin, comme il avait toujours géré ses affaires, léguant tous ses biens à Ini, et l'usufruit à Gaby. C'est Esprit Thompson, l'agent de la Barclay's, son complice de toujours, qui s'occuperait de tout. Un matin, à l'aube, l'infirmière de l'hôpital général l'a trouvé mort dans son lit. Il n'avait pas cherché à l'appeler, et ses voisins de chambre ne s'en étaient même pas aperçu. Il était parti en silence, comme il avait toujours vécu.

L'enterrement a été très rapide, sans cérémonie. Ti coco n'en voulait pas. Avec la vieille servante noire, Gaby était seule. Elle a suivi le cercueil de bois jaune jusqu'au bout, jusqu'au trou creusé dans le petit cimetière de Phœnix. Il y avait l'odeur de la terre mouillée, les chants des oiseaux dans les massifs. Gaby n'a pas pleuré. Elle est restée droite jusqu'à la fin. Mais quand elle est rentrée dans la petite chambre, dans la maison de Ti coco, elle a senti une douleur, une brisure en elle, un froid insurmontable.

Pour la première fois depuis longtemps, la fièvre est revenue, elle s'est glissée dans le corps de Gaby, comme avant la tempête. A la fin de février, la tempête est venue, en effet, violente, terrifiante. Le vent de l'ouest soufflait entre les montagnes, s'engouffrait dans Plaines Wilhelms, labourait les champs de canne. La vieille maison en bois grinçait comme un navire secoué par la mer. Dans la nuit, un arbre voisin, un eucalyptus, d'un seul coup s'est renversé, dans un bruit de tonnerre. Gaby errait dans la maison vide, brûlante de fièvre et délirant, quand la vieille Thérésa l'a retrouvée. « Ini? Où est Ini? Pourquoi ne répond-il pas! Il s'est encore caché, il a peur de ce cochon, de ce monstre! » La vieille Thérésa cherchait à la calmer: « Ça n'est rien, Madame Gaby, Ini est à Londres, vous savez bien. » Gaby ne l'écoutait pas. « Ini! Où es-tu? Ini, est-ce que tu m'entends, réponds-moi! Il est parti, il n'y a plus personne, tu peux venir! Ini, je t'en prie! » Puis elle s'est effondrée en sanglots. Il y avait si longtemps qu'elle n'avait pas pleuré, maintenant les larmes sortaient d'elle comme une eau bienfaisante, comme la pluie sur les toits et dans le jardin inondé.

A la fin, elle s'est couchée, apaisée. Mais ses forces avaient décliné cette nuit-là. Le médecin, appelé par la vieille Thérésa, lui trouva un pouls irrégulier, une tension trop basse. Gaby ne voulait pas entendre parler d'hôpital. Elle se redressa sur le lit, son visage tendu par l'inquiétude. « Je vous en prie, dites à Ini de venir, maintenant, dites-lui qu'il vienne le plus vite possible. »

La réponse au télégramme arriva le lendemain soir, presque en même temps que l'avion d'Ini. Mais Gaby ne s'en rendit pas compte. Elle était déjà ailleurs, sur un chemin d'autrefois, du côté des Quinze Cantons, là où les femmes marchaient lentement, au milieu des champs de canne. Il y avait une lumière intense, irréelle. Sur le chemin, Gaby voyait la silhouette vêtue d'un sari rose, qui l'attendait. Elle reconnut le visage de la jeune fille, l'arc parfait des sourcils, la ligne pure du front, les yeux brillants comme des gouttes. Un sourire étrange flottait sur ses lèvres. Gaby avançait vers elle, prenait sa main, et ensemble elles marchaient sur le chemin jusqu'à une rivière, qui coulait lentement entre les rives chargées de plantes. Sur l'eau elles lâchaient des barques de pétales, puis elles entraient jusqu'à ce que leurs cheveux flottent autour d'elles comme des algues. Puis, elles suivaient un chemin sur l'autre rive, à travers les collines silencieuses, et au bout du chemin, il y avait le grand arbre Peepul où vit la déesse.

Ini est resté nuit et jour dans la chambre, auprès de Gaby. Il ne comprenait pas ce qui était en train d'arriver. Il tenait sa main serrée dans la sienne, comme il faisait, quand il voulait qu'elle voie par ses yeux. Une seule fois, elle a parlé. C'était au soir de la fameuse journée du 12 mars, les bandes de jeunes gens couraient dans la rue, ils célébraient l'indépendance en jetant des pétards. Le bruit des explosions a fait tressaillir Gaby. Elle a serré la main de son fils. Elle a dit son nom en entier, Iñigo. Le nom qu'elle avait rêvé pour lui avant qu'il ne vienne dans le monde.

Elle est morte sans faire de bruit, pendant qu'il dormait sur le lit de camp, à côté d'elle. Peut-être qu'il pleuvait sur les collines, la pluie froide et vague de l'aube, qui rend tout lointain et éphémère.

Avec la solitude, Ini a appris la vérité. C'est l'agent de la Barclay's qui lui a tout expliqué, pour l'héritage, et pour la pension de Gaby. A présent, ça n'était plus un secret. Ça n'avait plus d'importance. Ti coco n'avait jamais quitté l'île, il n'était pas allé à la guerre. Il n'avait jamais voulu se marier. Toute sa vie, il s'était occupé du magasin de tissus, à Curepipe. Comme il n'avait pas besoin d'argent, il était devenu très riche. Sa seule fantaisie, ç'avait été de mettre des roupies de côté, et de les faire envoyer à Gaby, tous les trois mois, comme si c'était une pension. Il ne lui a jamais dit, il n'a jamais voulu qu'elle le sache. C'était son secret. Peut-être qu'elle ne l'a jamais compris. C'était comme autrefois, quand elle marchait sur la route, pour rejoindre Ananta, et qu'elle passait à côté de Ti coco sans le voir, avec cette cruauté inconsciente des filles trop belles. Sur le ciment de la tombe, dans le petit cimetière de Phœnix, Ini a fait graver leurs noms, avec seulement les dates de naissance et de décès. Maintenant, ils sont enfin couchés l'un contre l'autre, pour l'éternité.

Composé et achevé d'imprimer
par la Société Nouvelle Firmin-Didot
à Mesnil-sur-l'Estrée, le 22 mai 1989.
Dépôt légal : mai 1989.
1er dépôt légal : avril 1989.
Numéro d'imprimeur : 12209
ISBN 2-07-071364-4/IMPRIMÉ EN FRANCE

46709